JN179931

集英社オレンジ文庫

中目黒リバーエッジハウス

ワケありだらけのシェアオフィス　はじまりの春

岩本　薫

本書は書き下ろしです。

Nakameguro River Edge House

イラスト／じゃのめ

中目黒リバーエッジハウス

Nakameguro
River Edge House

ワケありだらけのシェアオフィス　はじまりの春

チャチャ、チャララー、チャラララララー、チャラララチャララチャララララー。

ストーブの上のやかんがシュンシュンと沸く音とユニゾンで、アップテンポのテーマ曲がテレビから流れてくる。

毎週欠かさず視聴して、すっかり耳に馴染《なじ》んだこのオープニングテーマ曲が聞こえてくると、俺の心はまっぷたつに引き割かれる。右半分はテンポのいい曲に引き上げられて高《こう》揚《よう》し、左半分は俗に言う「サザエさん症候群」に引きずり下ろされ、ずずーんと沈むのだ。

この曲が流れたということは、日曜の深夜十一時半を回ったということ。

番組を見終わって風呂に入り、布団のなかで携帯をだらだらチェックしながらいつしか眠りにつき、目が覚めたら月曜。代わり映《ば》えのしないルーティンな学校生活の始まりだ。

そもそも高校まで、バスを乗り継いで一時間かかるっていうのがオチる。しかもバス停に至るまでに、雪道を十分も歩かなければならない。雪国生まれのくせに、俺は雪が苦手だ。雪が苦手とか言ってる時点で、冬場の四カ月は根雪《ねゆき》に覆われる〝ここ〟では詰む。

「まんだ見じゃーんずな！」

テレビの前に陣取る俺の背後から、親父《おやじ》が必要以上に大きな声でがなった。振り返らなくても、酔っ払い特有の赤ら顔が目に浮かぶ。日曜は夕方の五時過ぎに呑《の》み始めて、九時前後には完全に出来上がっている。さっきまでこたつでゴーゴー大いびきをかいていたのだが、どうやらオープニングテーマ曲で目が覚めたようだ。

「な、まんずそれ好ぎだっきゃな」

(うっせーな。なに観よーが俺の勝手だろ?)

喉元《のど》まで迫り上がってきた言葉を、ぐっと呑み込む。

心の声を口にしたら、それが親に対する態度か! と親父がキレるのがわかっているからだ。そこでさらに言い返せば掴《つか》み合いの喧嘩《けんか》に発展し、仲裁役の祖母に迷惑がかかる。どーせ明日になったらすっかり忘れているのだ。無視に限る。無視、無視。

「ばっちゃ、もう一本燗《かん》とばつけでけ!」

ひとり息子に相手にされなかった親父が、炊事場《すいじば》の祖母に怒鳴った。

「まんだな? な、呑み過ぎだんでねが」

「月曜から土曜までくたくたさなるまで働いじゃんだね。日曜ぐらい好ぎだように呑ませながア」

「あんまり呑めば、雪かきでぎねぐなるねな」

「哲太《てつた》サやらせりゃいいんだね。タダ飯かへでやっちゃーんだ。そんきだばやって当然だべ」

聞こえよがしな親父の大声に耳を塞《ふさ》ぎ、俺はCMが終わったテレビ画面に意識を集中させた。

俺が毎週欠かさず観ているのは、「時のひと」をクローズアップして密着取材する、三十分のドキュメンタリー番組だ。フィーチャーされるのは芸能人や有名人に限らず、多種多様な分野のプロフェッショナルだったり、スペシャリストだったりするので、世間一般には無名なひともいる。

俺的には、取り上げられる「時のひと」の半分くらいは、初めて聞く名前と職業だ。だからといって興味半減というもんでもない。未知の仕事や、その職業に就いているからこそのエピソードを、番組を通じて見聞きできるのはおもしろいし、興味深い。すごくワクワクする。

雪に閉ざされた村の外側には、自分の知らない世界が広がっている。

林業か、りんご農家か、役場勤めの三択しかない〝ここ〟とは違い、そこにはきっといろんな職業があって、みんなが自由に生きている。他人と違う服装や髪型をしたり、ライフスタイルを持っているからといって、変わり者扱いされ、陰口を叩かれることもない。村のしきたりに従えとか、和を重んじろとかの同調圧力もかけられない。

そういう世界が、村の外にはあるんだって思えることが、いまの俺の心の支えだ。

「へー……今日は『クリエイティブディレクター』か」

小さくつぶやく。なんとなくわかるような、結局よくわからないような肩書きだ。

今夜の主役の名前がテロップで映し出されたが、やっぱり聞いたことのない名前だった。ほどなく、ひとりの男がカメラの前に登場する。まだ若い。少なくとも、おじさんって感じじゃない。やや濃いめの大作りな顔立ち。くっきりとした二重で、黒々とした瞳に力がある。眼力《めぢから》が強いタイプだ。黒のスーツに白いシャツ、ノーネクタイの襟《えり》元から覗《のぞ》く肌が浅黒い。

番組では彼がこれまでにかかわった仕事――テレビでよく観る企業ＣＭや超売れっ子ミュージシャンのＣＤジャケット、いつも俺が飲んでいるペットボトルのデザインなどを紹介していく。どうやら彼は「いまをときめく新進気鋭のクリエイター」らしい。

「……クリエイターとか……おしゃれだの」

ちょっと興奮して、俺は体を揺すった。どういう仕事なのかよくわからないけど、横文字だし、響きがかっこいい。

大手広告代理店を経て二年前に独立した彼の仕事場《オフィス》は、当然東京にある。

しかも青山《あおやま》！

そのテロップを見て、俄然《がぜん》テンションが上がった。

俺のなかで「青山」という地名は特別なのだ。雑誌で特集を組まれるファッションブランドは、大概《たいがい》が青山にフラッグショップがある。洋服が好きな俺にとって青山は聖地だ（実際に買うのは通販だけど）。一度だけ中学の修学旅行で東京に行ったが、青山は見学コースから外れていて未到達。いつか自分で稼げるようになったら、青山に乗り込んでいって思う存分ショップを梯子《はしご》し、欲しい服を大人買いするのが目下の俺の野望だ。

そんな聖地にある彼の事務所は、天井と壁が真っ白で、びっくりするほど大きなガラス窓から、明るい日差しが燦々《さんさん》と降り注いでいた。

【インテリア雑誌のグラビアから抜け出たようなスタイリッシュなオフィスには、イタリア製の家具が整然と並んでいる】

ナレーションが入る。

「ほげー……」

本当にこんなオフィスで働いているひとがいるんだ。

雪深い山間《やまあい》の村で暮らす自分との落差に目眩《めまい》がする。同じ日本とは思えない……。

俺が呆然《ぼうぜん》としている間にも、番組は映像とナレーションで彼の一日を追っていく。

【まだ夜明け前の早朝、渋谷《しぶや》区の自宅からみずからハンドルを握り、東京郊外のロケ現場へと向かう】

【到着したそこは工場の跡地だった。廃墟《はいきょ》のような工場のがれきをバックに撮影が始まる。

カメラマンと相談しながら、モデルに的確な指示を出していく】

【撮影が終了すると、昼には都内にUターンし、とある企業の会議室へ】

【重役や担当者を前に、パワーポイントを使ってプレゼンテーションを行う。提示された企画の完成度、自信に満ち溢《あふ》れた表情、説得力のある声音《こわね》に、クライアントも納得の面持ちだ】

【無事にプレゼンが終わると、少しの空き時間も無駄にせず、ジムでワークアウト。パーソナルトレーナーの指示のもと、マシンを使い、走る】

【「クリエイティビティは筋力に支えられる」が持論だ。筋トレによって精神も鍛えられると実感している。今年の夏も、海外開催のトライアスロン競技に参加した】

【夕刻、企画に携わったイベントのオープニングセレモニーに、事務所の広報を担当する妻と顔を出す。すぐさまあちこちから声がかかり、妻とともに知人と談笑】

【セレモニー会場から、夜遅くに仕事場に戻った。これからスタッフとのミーティングが始まる。個別の案件を抱える部下の報告に耳を傾け、意見を交わす】

【ミーティング終了後、やっと自分のデスクに着席し、明日の仕事の準備に取りかかる。PCに向かうあいだも頻繁にスタッフが訪れた。その都度、仕事の手を止めて話を聞き、アドバイスをする】

【零時を回って、やっと帰宅。長い一日が終わった。缶ビールを片手にソファに寝そべり、愛犬とDVDを観ながらのリラックスタイム。至福の時間だ】

【ひとは彼を「ラッキーな勝ち組」という。確かに、クライアントに恵まれた面はあるだろう。だがそれだけで、この若さでここまでのポジションに上り詰めることは不可能だ。一日密着して感じたのは、常に周囲に目を配り、一瞬たりとも気を抜かない姿勢。「我々クリエイターはクライアントの要望に応《こた》えつつ、エンドユーザーの欲望を先回りして汲《く》み取るのが仕事。一分、一秒と、時代を取り巻く空気は変わっていく。その変化を逃さず、時代の空気という漠然としたものを、目に見える欲望に変換して提示する。時代を摑むのが自分の仕事。一瞬も気は抜けない」と彼は言う。だからこそ、秒刻みのスケジュールを全力で走り抜ける。「倒れるまで走り続けたい」――そう言って、まさに倒れ込むように眠りに落ちた】

締めのナレーションに、聞き慣れたエンディングテーマ曲が重なった。

チャンラーラー、チャラララーラララー、チャラララララー。

クレジットタイトルが流れる画面では、愛犬を抱いた『クリエイティブディレクター』が、一日中出しまくりだったオーラも店じまいといった風情《ふぜい》ですやすや眠っている。

「……ふーっ」

俺は無意識に止めていた息を吐き出し、集中しすぎて乾いた目をパチパチと瞬《また》かせた。

いつもなら、「あー、日曜終わった」と気持ちが一番オチる時間帯だ。

だが今夜の俺は違った。休日が終わるというのに謎の高揚感に包まれている。

はじめは正直、あまりにも彼と自分がかけ離れすぎていて、ぴんと来なかった。テレビ画面に映っている世界が、地球の裏側くらいに遠く感じた。

だけど、観ているうちにぐいぐいと引き込まれ、気がつくと前のめりになっていた。

キーマンの彼をはじめとして、彼の周辺のスタッフたちの誰もが、生き生きしていたからだ。

もちろん仕事なんだから、いいことばかりじゃないんだろう。ゼロからアイディアを生み出すのは大変そうだし、肉体的にもキツそうだった。それでも彼らの表情は、好きなことを仕事にしている喜びと誇りに輝いていた。

いいな。楽しそう。いや……きっと楽しい。

「……時代を摑む、が」

声に出して言ってみる。

うん、なんかかっこいい。壮大な感じ。いいじゃん。

俺も時代を摑んでみたい。この手で摑んでみたい。

右手を見下ろす。あかぎれでひび割れた手をぎゅっと握り締め、立ち上がった。

「決めだ！」

俺の叫びに、こたつで寝ていた親父が「んがっ!?」と寝ぼけ声を出す。

「哲太？　おめ、なにすったに大きい声ば出して……」

祖母の怪訝《けげん》そうな問いかけには答えず、俺は身のうちから湧き出て滾《たぎ》る思いのままに宣言した。

「わ、東京さ行って『クリエイティブディレクター』さ、なる！」

room [1]

「哲太《てった》くん、年明けの第一日曜って空いてる？」

内心で（キタキター！）と小躍《こおど》りしつつ表向き冷静を装い、俺は「年明けの第一日曜？ちょっと待って」とテーブルの上のスマホを摑《つか》み取った。

　ここで待ってましたとばかりに食いつくのは悪手だ。たとえ一日千秋の思いで待ち続けていた台詞《せりふ》だとしても、あまり露骨にがっつけば引かれるだろうし、日曜日がいつだって空いていると思われるのもＮＧだ。このへんの駆け引きは、恋愛ビギナーの俺には難易度が高い。薄氷を踏むなんて表現はさすがに大袈裟《おおげさ》だとしても。

「……あ、ちょうどキャンセル入って空いてる」

　一応、スマホでカレンダーをチェックしてから答えた。

「そう？　よかったー」

　正面の彼女も、昨年末に発売になったばかりの新機種を手ににっこり微笑《ほほえ》み、「夕方の六時から、うちで新年会の鍋パやることになってるんだけど、哲太くんもよかったら参加しない？」と誘いをかけてくる。

あ……鍋パね。

ふたりきりじゃないとわかってちょっぴりテンション下がったけど、すぐにいやいやいやと自分を諌《いさ》める。

いきなりサシでデートよりいいぞ。気分的にずいぶんと楽だ。ファーストステップとしては悪くない。しかも自宅に遊びに行けるなんて、めっちゃラッキーだ。

気を取り直した俺は、「七海《ななみ》さんって、家どこでしたっけ？」と訊《き》いた。

〝さん〟づけなのは、彼女のほうが年上だから。おそらく俺より三つ上の三十歳。ちなみにこれは本人に確かめたわけじゃなく、これまでの会話から推測して導き出した年齢だ。ダイレクトに年齢を訊けるほどには、まだ彼女との距離を詰められていない。

「恵比寿《えびす》だよ」

「おー住みたい街ランキング上位！」

さっすがーという顔をしたら、唇の両端がちょっとだけ上がった。

「家賃高いっしょ？」

「まーね」

カシミアの大判ストールに包まれた肩をすくめる。

「でもいまは自己投資の時期だから。やっぱり歩いて行ける距離に美味《おい》しいレストランや感度の高いショップがあるのって大事だし」

「うんうん、大事だよね」

「哲太くんはどこだっけ？」

「俺？　池尻大橋《いけじりおおはし》」

「あー、あそこも悪くないよね。渋谷《しぶや》から歩けるし」

七海さんの表情から「合格」のサインをキャッチして、密《ひそ》かにほっとする。

今日くらい、さほど多くない給料のなかから月額十万四千円を捻出《ねんしゅつ》しておいてよかったと思ったことはなかった。

「そうそう、渋谷で呑《の》んで終電逃《のが》しても歩けるしね」

実際は呑んで逃すパターンより、終電までに仕事が終わらないパターンが圧倒的に多いのだが、ブラック職場アピールは極力したくないのでそう答える。

「新年会……年明け、第一日曜の六時に恵比寿、と」

スイスイと指を動かし、スマホのカレンダーに予定を書き込んでから顔を上げる。同じくスマホから顔を上げた大きな目と目が合った。

「住所は家に帰ってから位置情報を送る。それで大丈夫だよね？」

「うん、位置情報を投げといてもらったら、当日はナビに連れていってもらうから。あ、ドリンクとかデザートとか、なにかリクエストあれば持っていくけど」

「メンバーで分担して持ち寄るから大丈夫。哲太くんは初参加だから、今回はゲストってことで手ぶらでいいよ」

　ここで、「でも悪いから……」などと食い下がると面倒くさいやつって思われそうだったので、「了解でーす」と素直に引き下がる。

「って、まさかドレスコードとかないよね？」

　冗談っぽく探りを入れたら、「ないない」と笑われた。

「気の置けない身内の家呑みだから。哲太くん、普段からおしゃれだし、プライベートオケージョンで大丈夫だよ」

　そう言われて内心で舞い上がる。

（おしゃれって思ってもらえてたんだ）

　顔がにやけそうになるのを懸命に堪《こら》えた。

「じゃあ、そろそろ行くね。これから取引先のクリスマスパーティなんだ。クライアント立ち寄りがあったから、二次会からの参加なんだけど」

スマホを仕舞い込んだクラッチバッグを抱え、七海さんが立ち上がる。彼女がコートを羽織っているあいだに、俺はさっとテーブルの端に手を伸ばし、伝票を摑み取った。

「ここは俺が」

「え？　でも」

当惑したような表情には、奢《おご》ってもらうような間柄じゃないと書いてある。

うん。わかってる。いまは〝まだ〟ね。

「今回は俺が誘ったから。新年会でも世話になるし」

畳《たた》みかけるように言葉を重ねると、「そう？」と片方の眉を上げた。

「じゃあ遠慮なく、ご馳走様《ちそうさま》」

七海さんが軽くお辞儀をする。

やった！　コーヒー一杯でも、奢らせてもらえたのは前進だ。

小躍りしたくなるのを渾身《こんしん》の理性で抑え込んだ俺は、レジで会計を済ませたあとで、彼女に念を押した。

「位置情報よろしく」

カフェを出たところで、俺たちは別れた。ＪＲの渋谷駅に向かう七海さんを見送っていた俺は、そのほっそりとした後ろ姿が雑踏に紛《まぎ》れた刹那《せつな》、右手の拳《こぶし》をぎゅっと握り締め、高く振り上げた。

「っしゃ！　鍋パキターッ」

俺の雄叫《おたけ》びに、近くにいた家族連れとリーマンがビクビクッと肩を揺らす。

「あっ、すいません」

ビビらせてしまった通りすがりのひとたちにぺこぺこと謝ってから、はーっと大きく息を吸い、ふーっと吐いた。深呼吸で少し気持ちが落ち着いたので、会社に向かって歩き出す。道玄坂《どうげんざか》を意気揚々《ようよう》と上がりながら、（やった、やった、やった、やった！）と心のなかで三回繰り返した。

三時間ほど前のことだ。直属の上司から下されたのは「この色校、デザイナーに届けて」という無情な指令。「えー、いまからすか？　俺超忙しいんすよ。バイク便使ってくださいよ」と切り返したものの、「経費節減！」の伝家の宝刀でバッサリ切り捨てられた。作業の途中で寒空に放り出され、クリスマス残業が決定した瞬間にはルサンチマンも極まって、この世のすべてを恨みたい心境になっていた。

なにしろ、今月に入って土日も休みなしの二十五連勤が続いている。やれ忘年会だクリスマスだと盛り上がっている世間を横目に、イベントなにそれおいしいの？　のフェーズ。それもこれも、先月、ブラック環境に耐えかねたラスワンの後輩が辞めたせいだ。同期入社の片割れは夏前に辞めてしまっており（俺の下はずっと新規採用がなくて四年ぶりの新卒だったのに！）、ひとり残った新人だったのだが、ある朝いきなり会社に来なくなって、一方的な【辞めます】メールを送りつけてきた。

まあ、気持ちはわかる。俺だって時々、ふと我に返って思うよ。なんでこんな安月給で馬車馬みたいに働いているんだろうって。ま、そもそもは、バイトの入れすぎで就活に出遅れ、ここしか受からなかったおのれの蒔《ま》いた種なんだけど。

首の皮一枚でひっかかった、社長以下二十人に満たない広告代理店に、クリエイター枠で入社して五年。うちの会社は基本クライアントに隷属《れいぞく》気質で、入稿の直前に急遽《きゅうきょ》全面差し替えなんて日常茶飯事《さはんじ》。クライアントの無茶ぶりを、営業担当は「できかねます」と拒否できず、「対処します」とそっくりそのまま持ち帰ってきてしまう。対処ってのは、社員が徹夜すると同義語だ。しかも残業代は雀《すずめ》の涙。後輩がメンタル壊してネガティブモンスター化するのも道理。俺も、彼の仕事を手伝ったり、呑みに誘ったり、できる限りのフォローはしたんだが……。

ともあれ新兵が全滅し、俺は社内最下層のぺーぺーに逆戻り。しかも最前線に戻ったタイミングが悪かった。不動産関係がメインクライアントの会社《うち》は、引っ越しシーズンを春先に控え、秋口から年明けにかけてが地獄《じごく》の繁忙期《はんぼうき》。ただでさえギリギリの兵力で回していた最中の戦力ダウンはマジで痛い。しかも欠員は補充されることなく、辞めた後輩の仕事は残りのスタッフに均等に振り分けられた。上は「ひとまずこの布陣でがんばろう。ひとまず!」と檄《げき》を飛ばしていたが、求人もかけていないし、人を探している気配もなく、このまま繁忙期を乗り切ろうって魂胆《こんたん》が見え見えだ。

「ってか、死ぬよ。二十五連勤とか、どー考えても労働基準法違反案件だし」

クリエイター枠で入社したはずの俺が営業仕事もやらされるほど、常に人手不足ではあったけど、さすがに後輩が辞めてからの一カ月は無理ゲーすぎた。

「これからデリバリー先まで行って戻って……またテッペン越え確定じゃん。はー……」

テッペンとは時計の針が十二時を回ること。つまり、今日中に帰宅できないフラグが立ったってことだ。

「くっそ……せめてバイトくらい雇えよな!　ケチ!　ドケチ!」

などとほんの数時間前はやさぐれて悪態をつきまくっていた俺だが、いまはドケチ上司をハグしたい気分!

高田馬場《たかだのばば》にあるデザイン事務所に色校を届けた帰り、どん底スレスレのテンションで道玄坂を俯《うつむ》き加減に上がっていた俺が、坂を下ってきた彼女にばったり会ったのも、鬼上司の無茶ぶりのおかげ！

――哲太くん？

声をかけられて顔を上げた俺の前に立っていたのは、目下絶賛片思い中――ただしかなり無理めの――女性だった。

大手商社貿易部門勤務の有元《ありもと》七海さん。

初めて会ったのは、まだ現在ほどの地獄を見ていなかった三カ月前。大学時代の友人に誘われて参加した異業種交流会だった。

正直、異業種交流会ってなんぞ？　状態だったんだが、ひとりじゃ心細いと言う友人に「参加費出すし、メシも奢るからつきあって。頼む！」と拝み倒され、まータダなら別に予定もないし……くらいの後ろ向きな動機で参加した俺は、そこで女神と出会った。

切れ長の大きな目。色白。ナチュラルメイク。髪も自然な茶褐色《ちゃかっしょく》のボブ。身長およそ百六十五センチで、ヒール履いたら百七十センチの俺と並んじゃうけど俺的には無問題《モウマンタイ》。週三ジムでワークアウトしてますって感じのスレンダーモデル体形に、細身のパンツスーツがぴったりフィットしている。見るからにクレバーそうなバリキャリ女性。

ド・ストライクだった。もろ好み！　ぶっちゃけ一目惚《ぼ》れ。

思い切って声をかけてみたら、すごく感じよく、フランクに応対してくれた。短い立ち話でも、自分を高めることに前向きなひとだということがわかった。帰国子女で、いまは商社に勤めているけれど、ゆくゆくは独立して起業したいと思っていること。そのために、現在人脈作りに励んでいる最中。人脈作りの一環で、今日も参加したこと。

俺はいちいち彼女の話に感心した。プライベートはほぼゼロ、仕事漬けで一週間が過ぎていく、社畜《しゃちく》の俺とはえらい違いだ。

「お名刺いいですか？」

そう言われて、あわてて名刺を取り出し、交換する。

「広告代理店にお勤めなんですか？」

俺の名刺を見た彼女が、興味を引かれたふうに大きな目を輝かせた。代理店なんて名乗るのがおこがましいような零細ブラックなんだが、そんな顔をされたら本当のことを言えなくなる。「まあ、一応」なんて頭を掻《か》いた。

「デザイナーさん？」

「デザインもやりますし……企画とかブランディングも……」

「わー、多才！」

持ち上げられて、鼻のてっぺんを指の腹でコスコス擦《こす》る。

実のところは、なんでもやる、なんでも屋だ。慢性的にひとが足りなくて、いろんな仕事に駆り出され、あっちこっち手をつけているうちに、自分でもなにが専門かわからなくなってしまった。カメラマンを雇う予算がなければ写真も撮るし、レイアウトした印刷物を最後まで管理して、下手すりゃ完成したチラシを営業と一緒にポスティングするところまでやる。マルチと言えば聞こえはいいが、要は器用貧乏なのだ。

「お勤め先、渋谷なんですね。取引先の会社があるので私もよく立ち寄ります」

「そうなんですか。じゃあこれまでもどこかで擦《す》れ違ってたりして……」

「ふふ、可能性ありますね。広告業界のお話、今度詳しく聞きたいので、アプリのＩＤお聞きしてもいいですか？」

「あ、もちろんです」

思いがけず、彼女のほうから申し出があってＩＤゲット！

こんなハイスペック美女とＩＤ交換できるなんて夢か!!

この時点で、俺は天にも昇る心持ちだった。会がお開きになったあとで、誘ってくれた友人に、逆にメシを奢ってしまったくらいだ。

その夜、早速彼女のほうから【今日はお疲れ様でした】というメッセージが入り、俺もソッコーで返し、アプリでのやりとりがしばらく続いた。やりとりの最後に携帯の番号を交換し合い、SNSでも繋《つな》がることに。SNS上で、毎日少しずつ七海さんのことを知るのが楽しかった。

ヨガと映画とアートが好き。尊敬するひとはスティーブ・ジョブズ。ジョブズの影響で、時々座禅を組む。もちろんアップル信者。食べ物はヘルシー志向で、最近ハマっているのはコールドプレスジュースとチアシードとキヌアの3コンボ。肌に触れるものはオーガニックコットンしか身につけない。好きな色は運気が上がるナチュラルカラーとアースカラー。旅も好きで海外にもひとりで行く。平日の夜は、勉強会やセミナーに顔を出す。

時間を有効に使って感性のアンテナの赴くままに様々な場所に出向き、多彩な顔ぶれと交流の機会を持って好奇心を満たし、目標に向かって努力もしているから、男女問わず友達が多い。ポスティングされた写真にはたちまち「いいね！」が三桁《けた》つき、シェアされる。

これぞまさしくインフルエンサー。

都市伝説なのかと思っていたら、ガチのリア充って本当に実在するんだな。

そんな彼女と比べて、汚《お》部屋に寝に帰るだけの自分がいやになる。

ついSNSで【今夜もぼっち残業……】と愚痴《ぐち》ったら、【私も今日は残業です。一緒にがんばりましょう】と励ましのリプをくれて、そのやさしさに俺の恋心はますますヒートアップ。できればいますぐにでもデートに誘いたかったが、彼女いない歴＝年齢からくる気後《きおく》れと、仕事でオフのスケジュールが見えない物理的障害とで、ぐずぐずしているうちに三カ月経ってしまった。もちろん、クリスマスデートに誘う勇気なんてない。

きっと今頃パーティ会場でパリピとメリクリしてるんだろうな。今日はSNSチェックすんのやめとこう。落ち込むから……と考えていたところに偶然のバッティング。

何万という人々が行き交う十二月二十五日の渋谷で、偶然ばったり鉢合わせるなんて、もはや運命としか思えない。お茶に誘ったら「三十分なら」と応じてくれて、会話が弾み、さらに彼女から新年会のお誘いがキター！

これはきっと神様からのクリスマスプレゼントだ。ブラック労働に耐える俺へのご褒美。年明け早々に分厚いカタログ入稿という瀕死《ひんし》ミッションの壁が高すぎて暗黒面に堕《お》ちそうだったんだが、鼻先にニンジンをぶら下げられたいま、乗り越えられる気がしてきた。

否《いな》、乗り越えなくてどーする！

今期最大級のミッションをクリアして、なにがなんでも一月の第一日曜は死守してみせるぜ‼

鼻息も荒く、ふたたび右の拳を握り締める。

（幸運のお裾《すそ》分《わ》けに肉まん買っていこう）

七海さんのおかげでダークサイドから這《は》い上がった俺は、いまこの瞬間も残業中の同僚たちにささやかなクリスマスプレゼントを施《ほどこ》すために、道玄坂のコンビニに向かって歩き出した。


「……ここか」

恵比寿駅から地図アプリに誘導されて辿《たど》り着いた、五階建てマンションの前で足を止める。ぽつぽつとまばらに窓明かりが点在する、タイル張りの建物を見上げて、俺はふーっと息を吐いた。

(ついに……ここまで来た)

思わず感無量になるほど、ここに至るまでのダンジョンは険しかった。覚悟していても、新年会というモチベがあっても、何度もくじけそうになるくらいに、とてつもなくカタログ入稿という山が高かったのだ。

年末は当たり前のように会社で除夜の鐘を聞き、正月も一日から出社した。そこから今日までの平均睡眠時間は実に三時間弱。一昨日の金曜は家に帰る時間が惜しくて寝袋で寝た。それでも終わらずに昨日は完徹。しかもついさっきまで、飲み食いする時間も惜しんでPCにへばりついていた。そうやってなんとか仕上げた入稿データをオンラインストレージに放り込み、取るものも取りあえず会社を飛び出してきたのだ。

眠くて頭がふらふらするわ腰は痛いわ目の奥はズキズキするわでコンディションは最悪だが、どうにかギリギリ約束の六時に間に合った。

（……よかった）

と、安堵《あんど》したとたんに不安になる。えっと、大丈夫か俺。

最後にシャワーを浴びたのは三日前だけど、冬場だし、もともと体臭も薄いほうだからにおうことはないだろう。服も三日間着っぱなしだが、下着はコンビニで調達して替えた。顎《あご》に触れてみる。ざらっとするけど、髭《ひげ》も濃いタチじゃないので見苦しいほどじゃないはず。髪は……もうずっと美容院に行けてない。ひとまずの応急処置として、ツーブロックが伸びきった髪を結んでハーフアップにした。

もっと身ぎれいなカラダで聖地に初上陸したかったが仕方がない。

「よし、行くぞ」

声に出して気持ちを落ち着かせ、エントランスパネルと向き合った。スマホを取り出し、部屋番号を確認。５０５号室、と。該当《がいとう》のボタンを押した。

『はい』

「石岡《いしおか》です」

カメラとおぼしきポイントに向かって、にっこり笑いかける。

『いま、開けます』

ピーッと解錠音《かいじょうおん》が鳴り響き、オートロックの自動ドアが開いた。ロビーの一角に設置されたエレベーターを使って五階へ。外廊下を歩き、どん詰まりの505号室の前で止まった。いよいよドアの前まで来て、ふと思い当たる。

（ひょっとして俺、好きな女の子の部屋に上がるの、初めてなんじゃね？）

こういうの自慢っぽくなっちゃうからアレだけど、これまでまったくぜんぜんチャンスがなかった……というわけでもないのだ。学生時代は何度か告られたことがあった。けど、残念ながらぴんと来なかった。俺の場合、「とりあえずつきあってみる」っていうのは選択肢《し》になくて、好意を寄せてくれたのはすごくうれしかったけど断った。俺のほうがほのかな恋心を抱いた女性もいたが、相手がすでに彼氏持ちだったりで告白前に失恋。就職してからは仕事が忙しすぎて恋愛どころじゃなく……だから七海さんは本当にひさしぶりにできた「好きなひと」なわけで。

目の前に「好きなひと」の部屋。

そう意識した瞬間、心臓がドドドドッと走り出す。

って乙女か！　第一、今日はふたりきりなわけじゃないし。

落ち着け、平常心と自分に言い含め、ブザーを押した。ほどなくして、カチャッと鍵が回る音が響き、ドアが開く。隙間から七海さんが顔を出した。

（うおぅ。キュン死する！）

スーツで決めているときはお仕事できます系ハンサムウーマンだけど、今日みたいにふわっとしたローゲージニットにデニムみたいなコーデだと、キュートさが際立つ。思わず寝不足の熱っぽい目に、ゆるふわコーデを焼きつけた。

「いらっしゃーい。待ってたよ。どうぞー」

「こんばんは」

緊張の面持ちでコンバースを脱ぎ、靴下も取り替えておいてよかったと胸を撫《な》で下ろしつつ、用意されたルームシューズを履く。

「お邪魔します」

小声でつぶやいて、廊下を引き返す彼女を追った。

七海さんが内扉を開いてなかに入る。続いてナチュラルカラーで統一された機能的なリビングに足を踏み入れた俺は、いきなり突き刺さってきた複数の視線に、うっと立ちすくんだ。

（な……なんだ？）

怯《ひる》む俺の視界に映るのは、一、二、三、四……計四名の先客。全員が俺と同じか、少し上くらいの若い男。野郎どもが発する熱量のせいで、十二畳ほどのリビングが狭く感じるほどだ。

生成《きな》りのソファに座ったり、フローリングに胡座《あぐら》をかいたりしている四人の注目を一身に浴びて、背中がじわっと汗ばむ。

「哲太くん？　そんなところに立ってないで、こっちにおいでよ」

七海さんに呼ばれ、鍋がセットされたローテーブルにぎくしゃくと近づいた。男たちは無言で俺を見つめている。頭のてっぺんから足の爪先まで、余すところなく値踏みする冷ややかな眼差《まなざ》し。どう好意的に解釈しても、歓迎している様子には見えない。

これが今夜のメンツ？　ってことは、七海さん以外オール男⁉

身内の家呑みと聞いていたので、なんとなく女子が多いのかな……と勝手に思っていた。

まさか野郎ばかりの鍋パとは。

女子1を囲む男子5の、逆ハーレム状態にびっくりして言葉を失っていると、七海さんが俺を彼らに紹介した。

「こちら、石岡哲太くん。広告代理店でマルチに活躍している二十七歳」

「あ……どうも、はじめまして。石岡です」

「…………」

リアクション薄っ。

「彼らはね、起業を目指す仲間っていうか同志みたいな感じ。こっちの彼から山川《やまかわ》証券の三浦《みうら》くん、毎朝《まいあさ》新聞の長岡《ながおか》くん、ソリッドの須藤《すどう》くん、公認会計士の榎本《えのもと》くん」

七海さんの紹介に呼応する体《てい》で、男たちが無表情のまま形ばかりの会釈を寄越し、俺も引きつり笑いを浮かべて頭を下げた。

かなりざっくりとした紹介だったけど、押し並《な》べてエリートらしいのはわかった。山川証券も毎朝新聞も業界最大手だし、ソリッドは携帯キャリアの大手。公認会計士の試験って確か超難関なんじゃなかったっけ。しかも、自分たちが勝ち組であることを充分に自覚している面構《つらがま》えだ。

同志――というからには、七海さんと彼らは以前からの知り合いなんだろう。

身内の楽しい集まりに、いきなり部外者が入ってきたのだから、動物の習性として縄張《なわば》り意識が発動するのもわからなくはない。にしたって、ここまであからさまに敵意を剝《む》き出しにしなくても……。

と考えていて、はっと気がつく。ここにいる男たち全員から同じにおいがすることに。

そっか、四人とも七海さん狙いなんだ。

つまり、彼らにしてみれば、ライバルがひとり増えた計算。

(そりゃピリピリするよな)

納得したからといって、引き下がれるもんでもない。俺だってひさしぶりの恋愛モードなんだ。できれば理想の彼女をゲットして、恋人いない歴に終止符を打ちたい！　バレンタインに彼女から本命チョコ欲しい！

一歩も引けない心境で、俺もダウンを脱ぎ、ラグに座る。七海さんの隣だ。男たちの顔つきがいよいよ険《けん》を孕《はら》んだが、あえて空気は読まない。

「メンバーが揃ったところで、鍋始めよう！」

崇拝《すうはい》者たちの思惑を知ってか知らずか、七海さんが朗《ほが》らかに宣言した。どうやら鍋は水《みず》炊《た》きのようで、白濁《はくだく》したスープに骨付き鶏《どり》がゴロゴロ沈んでいた。

新聞社の長岡という男が鍋奉行《ぶぎょう》らしく、張り切って野菜を入れたり、火加減を調節したりしている。具材が煮えるまで、ビールで喉《のど》を潤《うるお》そうということになった。各自のグラスにビールを注ぎ、会計士の榎本が乾杯の音頭を取る。

「本日は新年会ということですので、一同、今年も切磋琢磨《せっさたくま》しつつ、自己研鑽《けんさん》しましょう。

本年度の我々の躍進を祈願して、乾杯！」

「かんぱーい」

唱和した七海親衛隊のメンバーが、我先にと身を乗り出し、七海さんのグラスにグラスをぶつけた。俺のグラスはすっと躱《かわ》して見事にスルー。ハブられ具合が露骨。宙に浮いたグラスを持て余していると、かわいそうに思ったらしい七海さんが「哲太くんも乾杯」とグラスを合わせてくれた。やさしい～とほっこりする俺に、氷のような冷たい視線がグサグサと突き刺さる。

（キッツー）

喉の渇きに居心地の悪さも手伝い、グラスのビールをごくごくと一気呑みした。

ぷはーと息を吐くのと同時にカッと体が熱くなる。このところは寝酒をする余裕さえなかったから、考えてみたらアルコール摂取は超ひさしぶりだ。悪酔いしないよう、控えめにしておいたほうがいいかもしれない。そう自重するそばから、七海さんが「哲太くん、呑めるんだね。どんどんいって！」とうれしそうな声を出し、空いたグラスにおかわりのビールを注ぐ。

「あざす！」

七海さんにお酌《しゃく》されて、呑まないわけにはいかない。なみなみと注がれた二杯目も一気した。空のグラスをローテーブルに置いた際のカンッという音が頭に響き、クラッとする。

（うわ、回った）

「煮えてきたね。美味しそう！」

そうこうしているあいだに具材が煮えて、鍋をつつきながらの呑み会が始まった。

「哲太くん、はい」

七海さんが、鍋の具材を器に取り分けてくれる。

きれいな上に気遣いもできるなんて最高か！

改めて彼女のすばらしさにじーんと浸っていたら、セルフレーム眼鏡をかけた携帯キャリアがコホンとわざとらしく咳《せき》払いをした。

「七海さん、そろそろ始めようか」

（始めるってなにを？）

ひとり流れが読めない俺を置き去りにして、携帯キャリアが「じゃあ、まずは俺から」と口火を切る。

「えー、いよいよこの春社内ベンチャーを立ち上げます。前からみんなには話してあった例のプランだけど、部内の稟議《りんぎ》は通っていて、上層部の決裁待ちの段階。上司はほぼほぼ大丈夫だろうって」

「すごいじゃない！　やっぱり行動が大事だよね。スタートアップに必要なのはスピード感だもん」

七海さんの賞賛に、携帯キャリアの顔が誇らしげに輝いた。残りの三人は、あまりおもしろくなさそうに鍋をつつく。

一般的に呑みの場での会話といったら、最近ハマッてる趣味の話、流行《はやり》ネタ、過去の黒歴史の披露など、ゆる系が鉄板だ。夜も更けてアルコールが過ぎてくると、恋愛話や悩み相談などディープ路線に移行するが——この鍋パはどちらでもなかった。

男たちが順繰りに、新年の抱負を発表するのだ。しかも、熱く。

さながら七海さんへのアピールタイム。

彼らの話のなかには、「ベンチャーキャピタル」「SEO」「VR」「AI」「IoT」「エンゲージメント」「ライフハック」「アジェンダ」「スキーム」「ローンチ」「リベラルアーツ」などという横文字が頻出《ひんしゅつ》する。知っている単語もあったが、半分以上は薄らぼんやり意味がわかる程度。七海さんが意識高い系なのはわかっていたんだから、もうちょっと勉強してくればよかったと反省したが後《あと》の祭り。

「やっぱさ、これからの世界はメリトクラシーで運営させるべきだと思うわけ。前時代的な既存の仕組みはさ、ディスラプトされて当然でしょ」

とか言われてもちんぷんかんぷん。英語を超えて、もはや宇宙語のレベルだ。

だが、七海さんはじめその場の全員が「知っていて当然」という空気を醸《かも》しているので、「意味不《イミフ》なんすけど」と軽口を叩くこともできず、ただひたすら黙って拝聴するほかなかった。これってけっこうな苦行だ。ついつい、グラスを口に運ぶペースが上がってしまう。

(なんか……眠くなってきた)

話が退屈なのとアルコールの作用で頭にぼーっと霞《かすみ》がかかり、熱弁がちょうどいい子守歌に聞こえて、瞼《まぶた》がどんどん重くなってきて……。

「哲太くんはどう?」

急に振られて、はっと肩を揺らした。半分瞼で塞《ふさ》がっていた目をこじ開けると、横から俺の顔を覗《のぞ》き込んでいる七海さんと目が合う。どうやらアピールタイムが一巡したらしく、男たちも俺を見ていた。やべ……意識飛んでて、話聞いてなかった。

「あ……えっ……と?」

「独立とか、考えてる?」

いきなりの問いかけに面食らった。独立って、会社を辞めるってことだよな。

ブラックだし、上司は横暴だし、社長はケチだし、仕事内容だって望んでいたものとは違った。同僚と居酒屋で愚痴大会になることもある。だけど、これまで本気で辞めようと思ったことはなかった。現実問題、いま俺が辞めたら会社が回らなくなる。クライアントに迷惑がかかるし、同僚にもとばっちりがいってしまう。

「いや……いまのところ、抱えてる仕事でいっぱいいっぱいで、独立とか考える暇がないっていうか」

「あー、社畜にありがちな思考停止ね」

誰かが小馬鹿《こばか》にしたような声を発した。見れば、証券マンの三浦が薄ら笑いを浮かべている。社畜呼ばわりにかちんときた。この手の蔑称《べっしょう》って、自称はともかく、ひとから言われたくないっつーか。しかも相手は、いまさっき会ったばかりの赤の他人だから余計にムカツクわけで。

「登場したときから、そこはかとなく漂うくたびれ感とか充血した目とか気になってたんだけど、まさか徹夜してきたわけじゃないよな？」

次にイジッてきたのは公認会計士。

「まっさかー。いまどき会社のために徹夜とか、ありえないっしょ」

携帯キャリアが外国人みたいに肩をすくめる。

「いやいや案外そうかもよ。彼、ひとがよさそうだから」

「もしそうならこれもいい機会だからさ、自分の人生は自分の頭で考えよう。ね？」

「そうそう。じゃないと会社にいいように使い倒されて、挙げ句、ボロ雑巾みたいにポイ捨てされちゃうよー」

「はいはい、捨て駒《ごま》あるある」

仲間内で会話を回して、四人同時ににやにやと笑う。

吊るし上げのターゲットにされ、公開処刑された俺は、ぎゅっと奥歯を噛《か》み締めた。

隣の七海さんが、言い返してやりなさいよ、という表情をしている。

俺だって、できればびしっと言い返して、鼻持ちならないエリートたちをギャフンと言わせてやりたかった。けどアルコールで濁《にご》った頭には、反論ひとつ思い浮かばない。唇をぱくぱくと開閉させたのちに、結局口から出たのは、「……トイレ」という単語だった。

「えっ？」

聞き返してきた七海さんに、「トイレ、どこですか？」と尋《たず》ねる。

「……廊下に出て左側のドアよ」

心なしか期待外れといった顔つきで、七海さんが内扉を指さした。

「……借ります」

小さくつぶやき、指示どおりに廊下を目指す。言い返すどころか、足許《もと》をふらつかせないようにするだけで精一杯の自分が情けなかったが、切迫した尿意《にょうい》には逆らえなかった。

トイレに入って用を足し、便座を下ろして座る。下を向き、脚《あし》の間にはーっと嘆息を落とした。

さっきの七海さんの顔が目に焼きついて離れない。

きっとがっかりされた。志《こころざし》の低いだめな社畜って思われた。

「……サイアク」

でも、一対四じゃ勝ち目ねーよ。アウェーすぎる。

なんなんだよ。圧迫面接かよ？

泣き言がこぼれ落ちた。あんなに楽しみにしていた新年会なのに、もはや一秒でも早く家に帰りたかった。帰って布団をひっかぶってふて寝したい。

「くそ……帰りてー」

いっそのこと会社から呼び出しがかかれば中座できるのに。

立ち上がってボトムのバックポケットからスマホを取り出した。チェックしたが、こういうときに限って着信ナシ。考えてみたら日曜だもんな。ちっと舌打ちをしてスマホを戻し、ドアを開けた俺は、目の前の壁に寄りかかっている男を見て「うわっ」と声をあげた。

目も鼻も口も大きい暑苦しめのルックス。金はかかってそうだけど微妙に一昔前感漂う、若干残念なファッションセンス。証券マンの三浦だ。トイレ待ちかと思い、あわてて出る。

「どうぞ」

だが三浦は、俺をじっと見据えたまま、動こうとしなかった。こうして向き合ってみてわかったが、かなり上背《うわぜい》がある。俺より十センチはデカいから、百八十はあるんじゃないか？　しかも全体的に筋肉質でがっしりしている。

学生時代にアメフトかラグビーをやっていたと言われても納得のマッチョに立ち塞がれ、圧迫感を感じていると、男がぬっと片手を突き出してきた。

「なに？」

「名刺ないの？」

名刺を渡せってこと？

気が進まなかったが、早く出せといわんばかりに手で催促され、渋々とスマホが入っているのとは別のバックポケットから財布を引き抜く。

財布のスリットから引っ張り出した名刺を、ひったくるように奪い取られた。目を細めて表記をじっと見下ろしていた三浦が、「聞いたことねーな」と低い声を落とす。

「代理店とかいうから、電博《でんぱく》のどっちかかと思ったら、どっちでもねーんじゃん。おたくの会社、社員何人いんの？」

横柄《おうへい》な口調にむっとしたが、筋肉の圧力に屈して「二十人くらい」と答えた。

「二十人⁉　その規模で代理店とか言う？」

「……っ」

悪意のある物言いに、ぎゅっと奥歯を食い締める。見下していることを隠しもしない尊大な男を、俺は上目遣いに睨《にら》んだ。

と、呼応するように三浦が暑苦しい顔を近づけてくる。

「おまえさー、一回誘われたくらいでいい気になるなよ？　七海さんは俺たちにとってすら高嶺《たかね》の花なんだからさ。おまえごときがどうにかできるわけねーだろ？　勘違いして思い上がってんじゃねーぞ？」

据わった半眼で睨《ね》めつけ、凄《す》んでくる息が酒臭い。これはかなり酔っている。そういえば、四人のなかでこの男が一番ピッチが速かった。

（七海さんの目が届かない場所で恫喝《どうかつ》するようなマネしやがって……卑怯《ひきょう》者め）

はらわたが煮えくり返ったが、酔っ払い相手にまともに組み合ってもしょうがない。喧《けん》嘩《か》になれば、七海さんに迷惑がかかる。ここは大人の対応だ。そう自分に言い聞かせる。

威圧オーラを発する男を躱してリビングに戻ろうとしたら、不意に肩を摑まれた。無理矢理体を反転させられ、向き直させられる。赤く濁った目がまた迫ってきた。

「出身どこ？」

「は?」

出し抜けに話が飛び、酔っ払い特有の脈絡のなさに面食らっていると、苛立《いらだ》ったように繰り返される。

「どこの出身だよ?」

「青森だけど?」

「あー、東北。どうりで」

したり顔で、三浦がうなずいた。

「なに? どういう意味?」

「時々アクセントが変だからさ。ぶっちゃけ、おまえ訛《なま》ってるじゃん?」

「……………っ」

カーッと顔が熱くなる。

反射的に、肩の手をぱんっと振り払い、目の前の男を睨みつけた。すると三浦が、「あれー? 無意識だったあ?」とおどける。

「自分が訛ってんのに気づかずに都会人のフリしちゃってたあ?」

〝訛ってる〟――そのワードは俺にとってタブー中のタブーだ。

「でもな、バレバレなんだよ!」

なのに三浦は、絶対に立ち入ってほしくない地雷原にズカズカと土足で踏み込み、地雷を踏みまくる。

「田舎者《いなか》は一目見りゃわかるんだよ！　どんなに服とか髪型で誤魔化してもな！」

トリガーポイントを突かれまくり、自分でも顔色が変わったのがわかった。ぴきぴきぴきっとこめかみの血管が切れる音がする。

全身が火でくるまれたみたいに発熱し、頭が真っ白になって——気がつくと、上京してから九年間封印していたお国言葉で怒鳴りつけていた。

「もつけこぐな！　ばがやろう！」

しばらく目をぱちくりさせていた三浦が、ぷーっと噴き出す。

「意味不明だし！」

喉を大きく反《そ》らしてぎゃはははっと馬鹿笑いしてから、「なに言ってるかわかりませーん！」と声を張り上げた。

「日本語でお願いしまーす！」

「笑うなっ！」

飛びかかって胸座《むなぐら》を掴んだら、逆に掴み返される。

「この野郎！　やる気か!?」

血走った目を獰猛《どうもう》にギラつかせ、歯を剝き出しにした三浦が、前後に激しくガクガクと揺さぶってきた。そうかと思うといきなり、手加減のない力で突き飛ばす。

「うあっ」

軽々と吹っ飛ばされて、俺は廊下の壁に背中からぶつかった。反動でごんっと後頭部を強く打ちつけ、目の裏で火花が散る。

「いってー……」

壁に背中をつけたまま、後頭部を押さえてズルズルとしゃがみ込んだ。

「なにを騒いでいるの?」

ガチャッと内扉が開く音と訝《いぶか》しげな声が重なり、隙間から七海さんが顔を覗かせる。

「哲太くん!?」

驚きの叫び声が廊下に響き渡った。

「どうしたの!?」

問いかけに答える間もなく、ふたたび三浦に胸座を摑まれる。乱暴に引き起こされるやいなや、腹部に拳を叩き込まれた。

「ぐえっ……」

叩き込んだ拳を、さらにぐりぐりと深く押し込まれ、息が止まる。

「っ……っ」

呼吸が……できない。

「ちょっと！　やめて！　喧嘩とかやめてよ!!」

七海さんの悲鳴で、薄れていた意識が戻ってきた俺は、じわじわと薄目を開けた。涙で霞んだ視界に、悪鬼の形相の三浦が映り込む。

「ぶっ殺してやる！」

「落ち着け！　三浦！」

誰かが叫び、三浦を羽交《はが》い締《じ》めにして俺から引き離した。

「こいつが先に手を出してきやがったんだ！」

三浦が、床にへたり込んだ俺を指さして糾弾《きゅうだん》する。

そっちが煽《あお》ってきたんだろ!?

言い返してやりたかったが、胃から込み上げてくる吐き気との闘いで、それどころじゃなかった。ただでさえ寝不足とアルコールのダブルダメージで不安定だった胃袋に、容赦《ようしゃ》のないボディブローを叩き込まれたのだ。

（オエ……気持ち……悪……）

さっき胃に収めた鍋の具材が、いまにも逆流しそうで口を両手で塞ぐ。

「哲太くん、大丈夫⁉」

七海さんが俺の前に膝《ひざ》をつき、肩に手をかけた。

「ばっ……ぶ、ぶぶっ」

離れて！　そう警告を発したつもりだった。だが実際には、言葉をなしていなかった。

「え？　なに？」

はっきりしない俺の声を聞き取ろうとして、七海さんがますます顔を近づけてくる。

「うっ……うゥっ」

もう本気で泣きたかった。気持ち悪くて、苦しくて、体中の毛穴から脂汗《あぶら》がじわっと噴き出す。眼球を涙の膜が覆う。体がぶるぶると痙攣《けいれん》する。

苦しい。出したい。吐きたい。

だめだ。それだけは死んでもだめだ！

頭のどこかで、ピーピーピーと警告音が鳴っている。

それをやったら終わる。人生、詰む。……そんなのわかってる！

誰よりわかっているからこそ、喉元まで押し寄せてきている生理的な欲求に、俺は死にものぐるいで抗《あらが》った。

立ってトイレに行け。それまでは我慢しろ！　耐えろ！　死んでも耐えろっ！

もはや一刻の猶予《ゆうよ》もない。限界がすぐそこまできている。

切迫した嘔吐《おうと》反応に促《うなが》されて立ち上がろうとした俺を、七海さんが制した。

「まだ立っちゃだめだよ」

諫めるように俺の両肩に手を置く。

「もうちょっと静かにしていたほうがいいって。ね？」

彼女が心配そうに顔を覗き込んできた――よりによってそのタイミングで臨界点を超える。奔流《ほんりゅう》を堰《せ》き止めていた堤防が、ついに決壊した。

「……げ、ぼっ」

両手でも防ぎきれず、勢いよく噴き上がった吐瀉《としゃ》物が、目の前の白い顔にびしゃっとかかる。

「………………」

とっさには、なにが起こったのか理解できなかったんだろう。

七海さんはしばらく、顔にかかったゲロを拭《ぬぐ》おうともせず、呆然《ぼうぜん》とフリーズしていた。

その場の全員が息を呑んで固まり、不気味な沈黙が横たわる。

やがて、自分の身に降りかかった惨劇《さんげき》を認識したかのように、切れ長の大きな目がじわじわと見開かれた。整った顔がぐにゃりと歪《ゆが》む。

「いやーっ！」

ホラー映画のヒロインのごとき絶叫《ぜっきょう》が廊下に響き渡った。

「やだあ！　いやあああああ……」

長く尾を引く悲鳴が鼓膜《こまく》をビリビリと震わせ、緞帳《どんちょう》が下りるみたいに視界がゆっくりと暗くなっていく。

（……終わった）

好きな女性の悲鳴という終了の合図すらも徐々に遠ざかり——俺は汚泥《おでい》にずぶずぶと沈んでいくような感覚のなか、最後の意識を手放した。

room [2]

会社を辞めた。

社畜《しゃちく》化してまで滅私奉公していた会社を辞めるに至ったきっかけは、思い出すのも辛い……アレだ。

憧れのひと——七海《ななみ》さんの家で証券マンと喧嘩《けんか》になり、密《ひそ》かに片思いしていた女性の顔にゲロをぶっかけるという大失態をやらかしたのちに意識を失った俺が、次に目覚めたのは病院のベッドの上だった。腕には点滴の針が刺さり、尿道《にょうどう》にはカテーテル。

担当看護師の説明によると、急性アルコール中毒を起こして昏睡《こんすい》状態となり、救急車でこの病院に搬送《はんそう》されてきたらしい。

全身がぶるぶる震えるほどの悪寒《おかん》や、どうしても我慢できなかった強烈な吐き気は、そのせいだったのだ。

振り返ってみれば、長期間短時間睡眠が続いていた上に前日は完徹。胃が空っぽの状態でビールを一気呑《の》み。それもハイペースで呑み続け、とどめがあのボディブローだ。急性アルコール中毒リスクのオンパレードといっても過言じゃない。

などと冷静に顧《かえり》みることができたのは、退院して以降の話。

目が覚めた直後は、自分の置かれているシチュエーションが理解できず、パニックに陥《おちい》った。

ここ、どこだ？　ベッド？　白い部屋？　もしかして病院？　なんで点滴？　ってゆーか股間《こかん》に違和感あり。なんか入ってる？　俺、どうしちゃったんだ……。

ひととおりの疑問が一巡したあと、続いて衝撃的な映像が浮かぶ。

俺の吐瀉物《としゃぶつ》を浴びて呆然《ぼうぜん》としている七海さんの顔だ。

謝らなきゃ！　謝ってどうにかなるとも思えないけど、とにかく謝らなきゃ！

上半身を浮かせてきょろきょろと周囲を見回し、ベッドから少し離れたパイプ椅子の上に、折り畳《たた》んだ衣類が置いてあるのを発見した。意識を失っているあいだに身ぐるみ剝《は》がされたらしい。ボトムのポケットにスマホが入っているはずだ。

起き上がろうとしたら、「だめ！」と制止の声が飛んできた。首を捻《ひね》って声の発信源を見やると、ベテランっぽい看護師が立っている。ちょうどドアをスライドさせ、病室に入ってくるところだった。

「点滴とカテーテルしてるんだから、まだ動いちゃだめよ！」

制止の声を無視して、俺は起き上がろうとした。

「だめだって言ってるでしょ！」

駆け寄ってきた看護師に肩を掴《つか》まれる。無理矢理寝かしつけられ、怖い顔で睨《にら》まれた。

「あなたね、けっこう重度なのよ。搬送されてきたときは低体温になっていたし、一歩間違えたら命だって危なかったんだから」

厳しい声で諭《さと》す。

「命……？」

自分がそんな生命の瀬戸際にいたなんてぴんと来なくて、ぼんやりとつぶやいた。

「急性アルコール中毒って、ニュースとかで聞いたことあるでしょう？　若いひとだって年に何人も死ぬのよ」

言われてみれば確かに、新歓のシーズンになると、新入生が急性アルコール中毒で命を落としたという、なんともやるせない記事がネットニュースに上がる。

親御さんはたまらないよな……と思っていた自分が、あやうく自分の親を泣かせる寸前だったなんて、まだリアリティが湧かなかった。

「助かったのは幸運だったのよ」

看護師が言って聞かせるような声を出し、点滴の袋をチェックする。

「あの……俺、いつ帰れますか?」

「わからないわ。排尿促進の点滴でだいぶ数値は下がっているとは思うけど、血中アルコール濃度をもう一度調べて確認しないとね」

その説明を聞いて心配になり、おそるおそる尋《たず》ねた。

「入院とかになりますかね?」

もし入院するなら、会社に連絡しないとマズい。オンラインストレージにデータを突っ込んだまま、退社してきちゃったし……。

すると、看護師が訝《いぶか》しげな表情をした。

「入院って、もうしているじゃない」

「へ?」

まぬけな声を出してから、ふと不安になる。

カーテンが閉まっていて外の様子がわからないし、近くに時計がないから時間がわからないけれど、いま何時なんだろう?

「いま何時ですか?」

声に出して聞いてみたら、腕時計をチェックした看護師が「六時五分よ」と答えた。

「……六時五分」

「月曜日の夕方のね。よっぽど睡眠が足りてなかったみたいで、あなた昏々《こんこん》と一日眠っていたから」

一日眠っていた？

（え？　え？）

ってことはつまり、意識を失ったときから、約一日が経過しているってことか？

現状を認識したとたん、ざーっと血の気が引く音がした。

やばいなんてもんじゃない！　連絡入れずに会社をフケちまった！

今頃きっと大騒ぎになっているに違いない……。

（うっわー……）

重ね重ねのしくじりに真っ青になっていると、「大丈夫そうだから、カテーテルは抜くわね」と言って、看護師が手際よくカテーテルを抜いてくれる。けっこうな羞恥《しゅうち》プレイなのかもしれなかったが、別のショックで頭がいっぱいの俺には、恥じらう余裕もなかった。されるがままに身を任せているうちに処置が終わる。

「もう少ししたら先生が回診に来るから、それまでおとなしく寝ていること。トイレは自分で行ってもいいけど、無理そうならナースコールして」

そう念を押して、看護師は出て行った。スライドドアが閉まり、廊下を立ち去る足音が聞こえなくなった瞬間に、むくりと起き上がる。個室なのはラッキーだった。無論、個室代は取られるだろうけど。

点滴を吊るしてあるスタンドに摑まり、ベッドから下りる。スタンドをガラガラと引き摺《ず》ってパイプ椅子まで近寄った俺は、畳まれた衣類を手に取った。持ち上げると、つーんと饐《す》えたにおいが鼻を刺激する。

刺激臭をブロックするために息を止め、ボトムのバックポケットからスマホを摘《つ》まみ出した。

案の定、着信履歴を埋め尽くす勢いで上司の名前が並んでいる。

あわてて不在着信履歴のひとつをタップしたら、待ち構えていたかのようにワンコールで出た。

『石岡《いしおか》！　おまえ、いまどこだよ⁉　連絡もしないでなにやってんだ！』

いきなり怒鳴りつけられる。思わずスマホを耳から離したくらい、上司の怒気がビリビリと伝わってきた。

「えっと、連絡できなくてすみません……実は急性アルコール中毒で意識を失って病院に搬送されたらしく、さっき気がついたとこで」

『はあ⁉　急性アルコール中毒って、おまえばかかっ！　いまがどんな時期かわかってんだろ⁉　すぐ会社に来い！』

「いや……でもまだ点滴してて、もうしばらく安静にしてろって看護師さんが」

『アルコールなんざ一日寝てりゃもう抜けただろ！　おまえが入稿したデータにな、今日になってクライアントからバンバン変更が入ってんだよ。この案件は、おまえしかわかんねーんだから。とにかくいますぐ来い！　いいな！』

命じるなり、こちらの返答も待たずにブツッと切られた。

「……マジかよ？」

スマホを片手に、しばらく唖然《あぜん》と立ち尽くす。

そりゃあ確かに俺が悪い。プライベートの呑み会でぶっ倒れて、無断欠勤したんだから。だけど、ことによっては命にかかわったかもしれない状況なわけで……仮にも上司なら、「もう大丈夫なのか？」の一言くらいかけてくれても罰《ばち》は当たらないんじゃねーの？

それを問答無用で「いますぐ来い！　いいな！」でガチャ切りってどうよ？

そもそも論になるが、地獄《じごく》の連勤も鬼残業も、分厚いカタログを「これ、石岡マターな」の一言で俺ひとりに押しつけた、上司の無茶振りに端を発している。しかも、部下に丸投げしておいて、自分はしっかり土日休んでいるわけで。

茫然《ぼうぜん》自失状態が過ぎると、腹の底から、持って行き場のない憤《いきどお》りがふつふつと込み上げてきた。

「……くそっ」

罵声《ばせい》を吐き、苛立《いらだ》ちのままにスマホをベッドに投げつけようとして、はっと気がつく。

そうだ。横暴上司の仕打ちに腹を立ててる場合じゃない。

「七海さん！」

スマホを持ち直して七海さんに電話をかけたが繋《つな》がらない。何度かけ直しても『ただいま電話に出ることができません。しばらく経ってからおかけ直しください。ご利用ありがとうございました』という定型アナウンスが流れる。仕方なくアプリからメッセージを送るも、いっこうに既読がつかない。最後の手段とばかりに、SNSから連絡をつけようとして気がついた。なぜか、俺の数少ない友達リストから七海さんのアカウントが消えている。

——ということは。

(向こうからブロックされた?)

電話が繋がらなかったのは着信拒否されているから。アプリのメッセージが既読にならないのも、ブロックされていたからだったのだ。

ぐあん……。

横合いから金槌《かなづち》で頭を思いっきり殴られたみたいな衝撃に、俺はスマホを持った手をだらんと下げた。

謝ることとさえ許されないってこと？

もはや失恋とかスルーとか、そんな生やさしいもんじゃない。完全拒絶。

俺という存在丸ごと、黒歴史として、彼女の記憶から抹消《まっしょう》されたのだ。

ふらっと体がよろめいた。よろよろとベッドに戻り、ぽすっと腰を落とす。脱力して背中を丸め、目の前の白いカーテンを呆然と見つめた。

いや、でも彼女に非はない。悪いところはひとつもない。昨日だって、七海さんはずっと俺を心配してくれていた。最後の最後まで、俺の具合を案じて声をかけ続けてくれていた。

悪いのは俺だ。悪酔いして、挑発に乗り、彼女のきれいな顔を汚した俺だ。

あの証券マンだって、さんざっぱら煽《あお》ってきたのは向こうだが、やつの言うとおり「先に手を出したのは俺」だ。どんな理由があったとしても、喧嘩は先に手を出したほうが悪い。

選民意識丸出しのいけ好かないやつらだったが、俺に対するディスりは、見知らぬ侵入者に対する雄《おす》のマウンティングだと思えば理解できなくもない……。地方出身者をばかにしたのは許せないにしても。

それに、冷静に振り返ってみれば、あいつらの言っていたこともあながち間違ってはいなかった。

——あー、社畜にありがちな思考停止ね。

——まっさかー。いまどき会社のために徹夜とか、ありえないっしょ。

——もしそうならこれもいい機会だからさ、自分の人生は自分の頭で考えよう。ね？

——そうそう。じゃないと会社にいいように使い倒されて、挙げ句、ボロ雑巾みたいにポイ捨てされちゃうよー。

悔しいけれど正鵠《せいこく》を射ている。だから、あのとき言い返せなかったんだ。

言い方はアレだが、ことごとく図星だったから。

社畜だブラックだなんだと自虐《じぎゃく》に胡座《あぐら》をかき、忙しさを理由に「自分で考えること」を棚上げにしていた。七海さんのキラキラした生き方に憧れながらも、自分には無理だと端《はな》から諦《あきら》め、生活を変える努力を放棄していた。

鬼連勤とか残業百時間超とか、多忙な自分にどこかで酔っていた。

自己犠牲なんて、所詮《しょせん》、自己満足でしかないのに……。

（結局、こうなったのって、全部自分のせいなんじゃん）

因果応報《いんがおうほう》。自業自得《じごうじとく》。

打ちのめされた俺は、ゆっくりと仰向けに倒れた。

殺風景な天井を眺めていると、自己嫌悪の波が足許《もと》からひたひたと押し寄せてくる。あっという間に全身が浸った。もうすぐ口のなかまで苦い水が入りそうだ。

「俺……なにしてんだろ？」

いまにも溺《おぼ》れそうな攻防の最中、かろうじて口を開いてひとりごちる。

この五年間、なにをしていたんだろう。

社会人になる前は、やりたいことがあったはずだ。叶えたい夢があったはずだ。

でも、勤め始めは仕事を覚えることに必死で、業務に慣れてからは日々のタスクをこなすことでいっぱいいっぱいで、日常に押し流されているうちに、やりたかったはずの「なにか」を見失ってしまった。

恋愛だって、えり好みしているうちに、理想のハードルがどんどん上がっていく。釣り合わない相手にばかり恋をして、実を結ばない。

大学時代の友人からの誘いも、仕事を理由に断っていたら、だんだん声をかけられなくなってきた。ゆるく繋がっているＳＮＳすら、パートナーを得たり、家族を持ったりと、着実に自分より先を行っている彼らを直視するのが辛くて、目を逸《そ》らしがちだった。

谷間にぽっかりと降って湧いたオフにあわてて連絡しても、当たり前だがみんな予定が埋まっており、たまの休日を結局ぼっちで過ごす。

二十七にもなって、ひとり。

ひとりぼっちだ。

寂寞《せきばく》とした思いを噛《か》み締めた瞬間、口のなかにまで水が入ってきて、俺は完全に溺れた——。


血液検査の結果、血中アルコール濃度は正常値まで下がっており、夜の九時には退院することができた。だが病院を出たその足で、俺は会社に向かわなかった。

翌日は朝から出社して、上司と迷惑をかけた同僚に謝り、クライアントにも電話で謝罪した。その後はペンディングになっていた修正作業を粛々《しゅくしゅく》とこなし、とどこおりなく入稿を済ませた。

ぱっと見、外からは、以前と同じように見えたかもしれない。

でも違った。

俺はもう、前みたいにがんばれなくなった。定時までPCに向かうので精一杯。六時を回ると、とたんに集中力が切れ、ぐったりして帰りたくなる。自宅に帰ったところで、誰が待っているわけでも、なにをするわけでもないのだが、会社には長くいられなかった。

「会社に住んでるんじゃねーの?」とまで言われた仕事大好き人間の俺が、だ。

俗にいう、燃え尽き症候群ってやつだったのかもしれない。

なにもやる気が起きず、腑抜《ふぬ》けのようになって、自宅ではぐだぐだと寝てばかりいた。出社意欲も湧かず、朝になるのが憂鬱《ゆううつ》だった。どうにかして休めないかと、ずる休みを画《かく》策《さく》する小学生よろしく言い訳ばかり考えた。タイマーのスヌーズを十回リピートしても布団から出られず、遅刻が一週間続いた時点で、いよいよもう無理なんだと悟った。

抱えていたカタログに区切りがついた日の翌朝、退職願を出した。

上司は驚いていたし、考え直せと慰留《いりゅう》された。給料アップまで提示されたけど、首を横に振り続けた。やがて会社も説得を諦めたのか、数日後には辞表が受理された。正式な退社は二月二十日付けだが、有給が売るほど溜まっていたので、一月二十日以降は有給消化扱いとなり、出社しなくてもよくなった。ブラックだと思っていたが、少ないながらも退職金も出してくれたし、最後は会社としてきわめて真っ当に送り出してくれた。

引き継ぎもつつがなく完了し、晴れて自由の身になった俺だが、この時点ではまだ心残りがあった。

俺が抜けた分、元同僚たちに情け容赦《ようしゃ》ない仕事量が振り分けられてしまうんじゃないか。

それがどうしても気になって、会社に行かなくなってから三日目の昼時を狙い、一年先輩の元同僚に様子伺《うかが》いの電話をかけた。

「どうすか？」

『石岡？　なんだよ、昼からいいご身分じゃん。こっちは相変わらずだけど、なんとかやってるよ。そうそう、あのケチ社長がさ、バイトを雇ってくれたんだよ。上もさすがに石岡の抜けた穴は大きいって思ったみたいだぜ。おまえが我慢強いのをいいことに、閾値《いきち》上げすぎたって反省もあるのかもな』

「…………」

『このバイトがさ、けっこう使えるやつで、物覚えもよくて助かってるよ。そんな感じでこっちはなんとかやってるから、おまえは心配しないで自由を満喫しろ。な？』

「……あざす」

通話を切って、ソファの座面にスマホを投げ出す。

自分が抜けたら会社が回っていかないと勝手に思い込んでいたけど、そんなことぜんぜんなかった。

自分がいなくても、世のなかはちゃんと回っていく。自分の代わりなんていくらでもいる。

なのに、ひとりで背負ったつもりになって、俺がいなきゃだめだなんて思い上がって。

「……馬鹿《ばか》みてー」


「……さあて、どこから手をつけるかな……」

八畳間プラスキッチン三畳の１Ｋに、五年間で溜まりに溜まったモノたちを前に、俺はつぶやいた。

辞めてからの三日間は、出社しないことに体が慣れず、一日中そわそわして落ち着かなかった。住んでいると揶揄《やゆ》されるくらい、ずっと会社にいたんだから、それもある意味当然だ。

だが、元同僚と電話で話したことで、最後の迷いが吹っ切れた。

もはや社畜だった俺は死んだ。

これからは生まれ変わったつもりで、自分の人生を取り戻す。

生きたいように生きていく――。

そう気持ちを切り替えたつもりだったのだが……。

（そんなに簡単に生まれ変われたら、苦労しないっつーの）

なんだかんだいって結局のところ、どんよりした気分を引き摺ってしまっている。

自分の五年間を否定されたような虚無感に、うっすら支配されている。

当面は退職金と、使う暇がなくて口座にそこそこ貯まっていた貯金を切り崩して暮らすとして、三カ月後には失業保険が下りる。そこから三カ月は受給できるから、計六カ月はなんとかなる。その半年の間に、身の振り方を考えよう。

フリーランスになるのか、もう一度就職するのか。就職するにしても、新卒のときのようにそこしか受からなかったから仕方なく……みたいな消極的な選択はやめて、今度こそきちんと前向きに人生設計を考えないといけない。五年前と違ってもう若くないのだ。

気がつけばアラサーだ……。

「やばい……メンタル落ちそう」

ふるっと頭を振り、鬱々《うつうつ》とした気分を無理矢理追い払う。

とりあえず、やっとまとまった時間が確保できたので、忙しさにかまけて何年も放置しっぱなしの汚部屋《おへや》を片付けることにした。

この部屋だって、会社から近い物件ってことで決めたけど、辞めた現在《いま》、ここでなければならない理由はなくなった。決して安くはない家賃を考えたら、引っ越しもアリだ。

引っ越しも視野に入れて、できるだけ身軽にしておくべきだと思ったのと、気分転換にもなる——というわけで断捨離《だんしゃり》に着手したんだが、これがなかなかどうして大仕事だった。

とにかく就職してからの五年間は、年末年始も仕事だわ、GW《ゴールデンウイーク》も夏休みもSW《シルバーウイーク》もないわで、大掃除らしきことを一度もしていない。掃除機をかけるのと洗濯、溜まった食器を洗う、その程度の家事は休日にこなしていたけど、それなりのまとまった時間と決意を要する整理整頓《せいとん》および断捨離はやってこなかった。買う一方でまったく捨てていないので、当然モノが大量に溜まっている。収納に収まり切らず、部屋の表層に溢《あふ》れ出している有様だ。

とりわけ多いのが服、靴、本、CDだった。服と靴は昔から好きで、ストレスが溜まってくると、夜中に発作的にポチるのが唯一の発散法だった。本も電子書籍に移行すれば場所を取らないのはわかっているのだが、やっぱり紙の本に愛着がある。紙質とか特殊インクとか特殊加工とか、デザイナーのこだわりがビンビンに伝わってくるかっこいい装丁を書店で見ると、こっちまでテンションが上がって衝動買いしてしまう。そうやって購入したはいいが、読む時間を捻出《ねんしゅつ》できず、半数以上が積《つ》ん読《どく》になっていた。

（まずは、服と本を整理するところからだな）

洋服類は、まだ着るものと、もう着ないものに仕分けし、着ないものはさらに処分とフリマ出品に分けた。新品同然のブランドものはネットの買い取りサービスに出す。靴も同様だ。

本は既読と未読に分け、既読のなかでも資料になりそうなものや絶版で手に入らない希少本、写真集、画集、アートブックを残し、それ以外は古紙回収へ。CDはPCに取り込んで、特別に気に入っているもの以外は、ネットのフリマへ。

床に溢れていたモノがなくなったので、次に収納内の整理に挑む。PCデスクから取りかかることにして、ごちゃ混ぜに突っ込まれてカオス化していた抽斗《ひきだし》の中身を床にぶちまけた。いつ焼いたのか不明のCD－Rやフラッシュメモリ、SDカード、いろんなメディアが出てくる。紙類も山ほど。書類とか、通知の葉書とか、数年前の領収書とか。チェックして、もう必要ないと思ったら、四十五リットルのゴミ袋にどんどん投げ込んでいく。

仕分け作業の途中で、懐かしいものを発見した。大学時代に愛用していた革のシステム手帳だ。バイト代を貯めて清水買《きよみずが》いしたお気に入りで、毎年リフィルを入れ替えて使用し
「あっ……これ……」

ていたんだが、社会人になってからは、スケジューリングもメモもスマホで済ませるようになって使わなくなってしまった。用済みとなったシステム手帳は、五年間抽斗の奥にひっそり眠っていたようだ。

「なつかしー！」

思いつきの走り書きや、ちょっとしたアイディアメモが書き留められた手帳をぱらぱらと捲《めく》っていたら、挟まっていたなにかがぱらりと床に落ちた。足許のそれを拾い上げる。黄ばんで、端がよれたスナップ写真。

見覚えのある庭先を背景に、生まれて間もない赤ん坊を抱いた若い女性の写真だ。女性は、母親になったことにまだ慣れていないような、それでいて少し誇らしげな表情を浮かべている。色白で、切れ長の目が印象的な顔立ち。すらりと華奢《きやしや》な佇《たたず》まい。

裏返すと、【小和、二十五歳　哲太、零歳】と、特徴的な親父《おやじ》の字で走り書きされている。

つまり、この写真を撮ったのは親父だ。

女性に抱かれている赤ん坊が自分だという実感はない。女性が自分を産んだ母親だという実感もない。物心ついたときには、もう彼女はいなかったからだ。

病気で死んだと聞かされていた母親が、実は親父と離婚して東京に帰ったのだと知ったのは、中学一年の頃だ。親父と祖母が話しているのを、偶然聞いてしまった。

もともと東京の人間だったらしいというのも、そのときの会話から得た情報だ。どこでどうやって両親が知り合ったのか、なぜ別れることになったのか。「母親は死んだ」と嘘《うそ》をついてまで隠していることを思うと、親父にも祖母にも問い質《ただ》せなかった。

この写真も、中三の夏に、親父の文机《ふづくえ》の抽斗の奥にしまってあったのを見つけ、こっそり隠匿《いんとく》したのだ。

写真に映る母は、そう思って見るからかもしれないが、都会風に洗練された容貌《ようぼう》に見える。憶測でしかないが、東京育ちの母は、田舎《いなか》の旧家に嫁《とつ》いだものの、古いしがらみやしきたりに馴染《なじ》めなかったんじゃないか。

自分にも、その母の血が濃く流れている。

閉鎖的な田舎の暮らしは、俺にとって息苦しかった。いつだって誰かに監視されていて、ちょっと目立った髪型や服装をすれば、ひそひそと陰口を叩かれる。

「やっぱし、あの子は母《か》っちゃが東京もんだはんで」

「んだ、んだ」

聞こえてるっつーの！

生まれ育った土地なのに、「ここは自分の居場所じゃない」という違和感が拭《ぬぐ》えなかった。

自我が芽生えてからずっと、居心地が悪かった。

こんな滅びゆく過疎の村で終わりたくない。そう思って、いつもジリジリ焦っていた。

村の外には大きな世界が広がっている。

そこにはいろんな人間がいて、刺激的で楽しい場所があり、無限の可能性に満ち溢れているはずだ。

外と比べて村のなかは保守的で、変化を好まない。クラスメイトものんびりしたやつらばかりだ。村から出て一旗揚げようなんていう、気概《きがい》のあるやつはひとりもいない。

外の世界に憧れる俺は常に孤独で、村の異端児だった。

孤独感を深めていた高校一年の冬、ドキュメンタリー番組を観た俺は、そこで取り上げられていた「クリエイティブディレクター」に憧れを抱いた。

自分も〝彼〟みたいに「時代を摑む」仕事がしたい。

――わ、東京さ行って『クリエイティブディレクター』さ、なる！

そう宣言したら、親父に猛反対された。

顔色を変えて、東京に行くなら勘当《かんどう》するとまで言われた。

だけど俺は諦めなかった。もうこれ以上、雪の檻《おり》に閉じ込められ続けるのはいやだ。

東京の大学に行く。〝彼〟が出た大学に通う。そう勝手に決めた。

親の反対を押し切って東京の大学に進学するためには資金が必要だ。目標が定まれば猪《ちょ》突猛進《とつもうしん》するタイプの俺は、近隣の農園や農家の作業を手伝いまくった。バイトする以外の時間は勉強にあてた。浪人する余裕なんかない。一発現役合格しか道はなかった。

しゃかりきバイト生活と猛勉強の甲斐《かい》あって、二年間で入学資金を貯め、第一志望の国立大学に現役合格することができた。

それでもまだいい顔をしない親父に背を向け、家を出た。

無事に〝彼〟の後輩となり、東京に住み始めてからは、親父にイヤミを言われるのが疎《うと》ましくて、ほとんど帰省しなかった。故郷の言葉も封印した。まれに帰省した際もあえて使わなかった。標準語をしゃべる俺を見て、親父はいやそうな顔をしていたが、頑《かたく》なに貫き通した。俺なりのレジスタンスだ。

だから、酔っ払っていたとはいえ、七海さんの家で封印したはずの言葉が飛び出したことには、自分でもびっくりした。完全に捨てたつもりだったのに、まだ自分のなかに故郷の言葉が残っていたのが驚きだ。三つ子の魂《たましい》百までってやつなのか。

……って、五年ぶりに懐かしい写真を見たのが呼び水になって、芋づる式にいろいろ思い出してしまった。

（すっかり忘れてたけど……東京に行ったら母親に会えるかもしれないなんて、あの頃は期待してたんだよな）

もちろん、現実はそう甘くない。だいたい「小和」というのは名前なのか。もし名前だとしても、なんと読むのか、それすらわからないのだ。

「こわ？　おわ？　しょうわ？」

俺が赤ん坊のときに二十五歳ということは、二十七足して、いま五十二か、三？

それくらいの年齢の女性なんて東京に山ほどいる。

この程度の手がかりで、人口千三百万人のなかからたったひとりを捜し出すなんて不可能だ。そもそも、もう東京にいないかもしれないし、再婚して新しい家族を作っているかもしれない……。そんなマイナス思考が、無意識のストッパーになっていたのか。

見えないなにかに追われ、都会のスピードに追いつこうともがき足搔《あが》いているうちに、当初抱いていた淡い期待も徐々に薄れ……いつしか消えてなくなっていた。

今日たまたま写真を手にしなければ、母親の存在自体、思い出さなかっただろう。

親不孝だって思うけど、向こうだって俺を捨てたんだから、おあいこだよな。

自嘲《じちょう》に唇を歪《ゆが》ませた俺は、写真を元どおりにシステム手帳に挟み込もうとして、その手を止めた。

「…………」

もう使わないシステム手帳に戻せば、この五年間がそうだったように、少なくとも今後数年は写真を取り出して見ないだろう。そうやって心の奥に封じ込めてしまうことに、なんとなく引っかかりを覚えたのだ。

がむしゃらに働くことで業界の片隅にしがみついていた自分に区切りをつけた今日という日に、母の写真をこうして手に取ったのが、なにかの暗示のような——そんな気がして……。

一考ののち、そのままキッチンまで行って、母の写真を冷蔵庫の一番目立つ場所にマグネットで留める。

冷蔵庫に貼り付けた写真をしばらく眺めてから、ふーっと息を吐いた。

いまはまだ、この件をどうしたいのか、自分でもわからない。ひとまずはペンディングってことで。

リビングに戻り、断捨離を再開しようとして、そういえば！　と膝《ひざ》を打った。

（あの本、どこやったっけ？）

母の回想の流れで海馬《かいば》の奥深くから浮上した〝彼〟の著作。

田舎での生活に閉塞《へいそく》感を感じつつも、なにをどうすればいいのかわからず、悶々《もんもん》としていた十六歳の自分に道筋を示唆《しさ》してくれた〝彼〟。

〝彼〟との出会いがなければ、今頃まだ、雪の檻のなかで自我をこじらせていたかもしれない。

ある意味、恩人だ。一方的にだけど。

いつか代表作ができて自分に自信が持てるようになったら本人に会いに行き、「貴方《あなた》のおかげで、いまの自分がいます」とお礼を言うつもりだった。

いまだに実現していないのは、胸を張って見せられるような代表作がないっていうのもあるけど、〝彼〟自身の露出が減り、名前を見かけなくなっていたからだ。

「あった！」

既読本の段ボール箱から、懐かしい一冊を探し出す。

〝彼〟の著作『クリエイティブディレクターの仕事術』という本で、ドキュメンタリー番組を観たあと、すぐに名前を検索して通販で取り寄せたのだ。上京の際にも手荷物に忍ばせ、一緒に夜行バスに乗ってきた。

バイブルのごとく読み込んだせいで、かなり傷《いた》みが激しい表紙を眺めていると、東京での新生活への期待と不安が入り交じった、あのときの気持ちが蘇《よみがえ》ってくる。

手垢《てあか》や開き癖がついた本をぱらぱらと捲ってみた。ページのところどころにラインマーカーが引かれ、汚い字の書き込みがある。

【東京で成功する！　絶対にだ】

【ビッグになって青山《あおやま》に事務所を構える】

「うわイタタタタ……こんなこと書いたっけ」

高校時代の自分の根拠のない自信と野望に、背中がむず痒《がゆ》くなる。

周囲に理解されなかったり、バイトと勉強の両立がキツかったり、当時はくじけそうになるたびに、この本を読んで自分を奮《ふる》い立たせていた。

大学三年くらいまでは、折に触れて読み返していた記憶がある。だが、大学生活は想像していた以上に忙しかった。課題も多かったし、授業の合間に生活費を稼ぐ必要もあった。学費は奨学金でまかなっていたけれど、それだけじゃ生きていけなかったからだ。

青森では農園か農家のほぼ二択だったが、東京は様々な職種のバイト募集があった。苦学生の俺は、時給さえよければ片っ端からなんでもやった。

おかげで人見知りとかはまったくしなくなったし、ちょっとやそっとじゃ音《ね》を上げない根性もついた。ま、そのせいで閾値が上がっちゃって、社畜化したっていうのもあるんだけど。

大学時代は授業とバイトの掛け持ち、就職してからは仕事に追われて、俺が自分を顧みる機会を逸《いっ》しているあいだに、〝彼〟はメディアからフェードアウトし、いつの間にか名前を耳にしなくなっていた。それもあって、俺も彼のことを思い出さなくなっていたのだ。

（いまどうしてるんだろう）

一度思い出したら無性に気にかかり、デニムのバックポケットからスマホを取り出す。〝彼〟の名前を検索したが、最近の情報はまったくヒットしない。どうやらＳＮＳもやっていないようだ。

あの頃は時代の寵児《ちょうじ》と持てはやされ、本を出し、テレビにも出ていたのに……。

消息が摑めないとなると、自分が忘れていたことは棚に上げて、どうしても〝彼〟の近況が知りたくなる。

断捨離を中断した俺は、本格的な検索を開始するためにＰＣを立ち上げた。

room【3】

「ここかー」

自宅からいったん池尻大橋《いけじりおおはし》の駅まで出て、そこからは地図アプリを頼りに目的地を目指す。冬晴れの冷たい空気のなか、桜並木が続く目黒《めぐろ》川の沿道をしばらく歩き、俺は目指す場所に到着した。住所は目黒区青葉台《あおばだい》だが、世間一般では中目黒《なかめぐろ》、通称「ナカメ」と呼ばれるエリアだ。

(思ってた以上に近いじゃん)

俺の部屋から充分徒歩圏内だし、実感としてはほぼ地元だ。ただ俺自身、ナカメはテリトリー外で、ここまで歩いてきたのは初めて。

これまで何度か知人に誘われてナカメで呑《の》んだことはあったが、全部駅近の店だったので、目黒川に沿ってリバーサイドを歩くのも初めてだった。

「気持ちいい道だな」

桜の樹が立ち並ぶ沿道は、ほとんど車が走っていないせいもあって静かだ。ところどころ植え込みが途切れ、デッドスペースが設けられているので、鉄柵越しに川の流れを眺めることができる。地図によるとこのあたりは川の上流にあたるらしく、そのためか川幅が狭く、水量もさほど多くない。水の流れも緩《ゆる》やかだった。

川には一定の間隔で橋が架かっており、俺が足を止めた場所のすぐ近くにもあった。赤いアーチ式の鉄橋だったり、緑色の橋だったり、石でできた頑丈そうな橋だったりと、橋の造りはひとつずつ異なり、趣《おもむき》豊かだ。

橋から見える景色もそれぞれ異なるのだろう。なかでもお気に入りの橋の欄干《らんかん》にもたれて川の流れを眺めているひと、音楽を聴きながらウォーキングしているひと、飼い犬が植え込みのにおいを嗅《か》ぎ終えるのを待っているひと、デッドスペースの置き石に腰掛けて一服しているひと。目に映る人々の顔は、どれもなんとなくゆったりしている。川の水が発するマイナスイオン効果なのかもしれないし、桜の樹や植え込みの緑が作り出すオアシス効果なのかもしれない。いずれにせよ、交通量の多い２４６や山手通りから少し奥に入っただけで、こんなにも自然が豊かな住宅街があるなんて知らなかった。

川の両サイドから無数の枝が水面を覆うように伸びているから、満開時には桜のアーチができて、さぞやきれいに違いない。夏の新緑も瑞々《みずみず》しくて涼やかだろうし、秋の紅葉もきっと目に染み入る美しさだ。いや、いまだって悪くない。葉を落として枝だけになったソリッドな桜の樹も、それはそれで静謐《せいひつ》な風情《ふぜい》がある。

「さて」

スマホをダウンのポケットに仕舞い込み、改めて目的の建物を見た。

石積みの外壁を持つ三階建てのかなり立派な建物だ。明るい色の石なので、全体から受けるイメージはベージュ。窓枠と鎧戸《よろいど》の、ちょっとくすんだ淡い水色がアクセントになっている。もうひとつの特徴は、三階部分の正面から迫り出したバルコニーだ。複雑な模様を描く鋳鉄《ちゅうてつ》の柵には蔦《つた》が絡まり、そのうちの何本かは垂れ下がって壁まで這《は》っていた。勾《こう》配《ばい》のついた屋根にはテラコッタの瓦《かわら》屋根がみっしりと敷かれ、そこから突き出した煙突から、白い煙が冬晴れの空にたなびいている。

異国風の佇《たたず》まいというだけで充分に目立つが、一階の一部が店舗になっているので、ことさらに目を引いた。

店舗のエントランスは両開きの木のドアで、そのドアを中心として左右対象に、木の格《こう》子《し》が嵌《は》まったガラス窓が並んでいる。エントランスドアの上部にもガラスが嵌め込まれ、そこに『Riveredge《リバーエッジ》 Cafe《カフェ》』と記してあった。どうやらカフェのようだ。窓際がカウンター席らしく、カップを口に運んだり、スマホを弄《いじ》ったり、PCを操作したりしているひとの姿が映り込んでいる。

　ガラス窓の下はウッドデッキになっていて、テイクアウトした飲み物をその場で飲むひとたちへの計らいか、鎧戸と同色の木のベンチが置かれていた。スモーキングスタンドがあるから、喫煙スペースでもあるのかもしれない。

　そこまでざっと観察した俺は、おもむろに腕組みをした。

（って、まさかカフェで働いているとか？）

　組んでいた腕を解き、ダウンのポケットからもう一度スマホを取り出す。メモを開いて住所を確認。住所の最後に〝2F－1〟とある。

「建物の二階ってことだよな」

　どこかに階段かエレベーターがあるはずだ。

　二階に上がるためのルートを探しながら店舗の前を通過し、建物の側面に回り込んだ。直後に、ウッドデッキと同じ木の板でできた外階段を発見。

　二階部分に踊り場があり、さらに三階まで階段で上がれるようになっている。隣の敷地との境目は、煉瓦《れんが》の壁で仕切られていた。蔦が絡まる煉瓦の壁に沿うように常緑樹が植えられ、階段の踊り場や階段の一段一段に素焼きの植木鉢が置かれている。冬場でも緑を絶やさないアプローチといい、石や煉瓦を多用した建物全体の造りといい、本物のヨーロッパの家みたいだ。もし、ふらっと通りがかっただけなら、絶対写真を撮ってSNSにアップしていた。……が、いまはそれどころじゃない。

この建物のなかに〝彼〟がいる。

ついに、あと一歩のところまで辿《たど》り着いた。

そう思うと心臓がドキドキしてくる。なにしろ自分の人生を変えた人だ。大恩人だ。

(そのわりには忘れていてスイマセン)

母のことも、〝彼〟のことも思い浮かべる隙が一ミリもないほどに、この五年間の俺は心に余裕がなかった。目の前のタスクをこなすことでパツパツの毎日だった。

一月二十日で自転車操業からやっと足を洗った俺は、断捨離《だんしやり》作業の途中で「恩人」の存在を思い出し、〝彼〟の消息を求めてネットの海を彷徨《さまよ》いまくった。だが、手がかりはさっぱり摑《つか》めなかった。検索にひっかかってくるのは、全部かつての〝彼〟。栄光の亡霊みたいな過去記事ばかりだった。

このままじゃ、〝彼〟のその後が気になっておちおち眠れない。

そう思った俺は、彼の本を出している出版社に電話してみた。代表の番号にかけて事情を説明したら、編集部に回された。電話に出た編集者が調べてくれたところ、『クリエイティブディレクターの仕事術』はだいぶ前に絶版になっており、当時の担当編集者もすでに退社しているとのこと。従って〝彼〟の現在の連絡先はわからない。ただでさえ忙しい（似たような業種なので想像がつく）編集者の手をそれ以上煩《わずら》わせるのは忍びなく、通話を切る。

スマホを手に、俺は片付け途中のリビングをうろうろと歩き回った。

（なにか……どこかにツテはないか？）

行ったり来たりしつつ、頭を巡らせていた俺は、降って湧いた閃《ひらめ》きにぴたっと足を止める。

「そうだ！」

俺、大学の後輩なんじゃん！

俺と〝彼〟の唯一の繋《つな》がり。これまで活かしてこなかったけど、いまこそ使うべき！

スマホをチェックする。十七時十分。時間的にはギリか？

すぐに検索で出身大学の同窓会名簿を扱う事務局の番号を調べ、電話をかけた。電話口に出た事務局の職員に、自分が卒業生であること、同じく卒業生で先輩でもある〝彼〟の連絡先を知りたい旨《むね》を伝えた。

答えはＮＯ。たとえ卒業生であっても、個人情報は教えられない。

きっぱりと断られ、がっくりきたが、よく考えれば実に真っ当な対応だ。大学が簡単に個人情報を第三者に教えたら大問題になる。個人情報が金になる時代に、悪用されないという保証はないのだ。

そこは納得したけど、はてさて困った。また行き止まりだ。

(待てよ。そういえばゼミも一緒だった)

広告心理学ゼミナール。これは真似をしたわけではなく偶然だったのだが、担当教授がなにかの折に〝彼〟を話題に出したことで、同じゼミ出身だったと知った経緯がある。

ちょっと迷ったが、教授の携帯に電話した。どのみち、会社を辞めたことを連絡しなければならないと思っていたからだ。

『石岡《いしおか》か?』

懐かしい声が耳に届き、どこか飄々《ひょうひょう》として洒脱《しゃだつ》な痩軀《そうく》が脳裏に浮かぶ。

(お元気そうだ)

ひさしぶりに聞く恩師の声に、胸がじわっと熱くなる。

学生時代、俺は親子ほど歳《とし》の離れたこのひとにかわいがってもらった。バイトに明け暮れて単位もギリギリだったし、決してデキがいい学生とは言えなかったのに、なぜか目をかけてもらい、研究室でお茶をご馳走《ちそう》になったり、呑みに連れていってもらったりした。

それなのに、忙しさにかまけて、連絡するのは五年ぶりだ。

「すっかりご無沙汰《ぶさた》してしまってすみません」

『おまえのことだから、毎日がむしゃらにがんばってるんだと思っていたよ』

「それが……実は先日会社を辞めたんです」

　俺の告白に、教授はさほど驚かなかった。

『そうか。確か広告代理店だったよな。何年勤めた？』

「五年にちょい欠けるくらいです」

『五年はひと区切りだというし、まあ、次のステップに進むにはいい頃合いなんじゃないのか。おまえは中途半端なことはできない性格だ。ここではやり切ったと思ったからこその決断だろう』

　さすがは恩師、俺のことをわかってくれていると、うれしくなる。

『今日はその報告か？』

「いえ、それが違うんです」

〝彼〟の名前を出すと、恩師はすぐ反応した。

『懐かしい名前だな。うちのゼミの出世頭で、一時期はしょっちゅう自宅にも遊びに来ていたんだが……もう何年も会っていないよ』

「何年も……そうですか」

やっぱりこの線もナシか。そう思って肩を落としたとき。

『どうして彼に会いたいんだ？』

こちらの心情を探るような声音《こわね》で尋《たず》ねられた。

（そういえば、なんでだろう？）

問いかけを反芻《はんすう》して考えたが、なぜこんなに必死に〝彼〟を捜しているのか、すぐに答えは出なかった。

もしかしたら、いま一度、スタート地点に立ち返りたいのかもしれない。

自分がこの道に進むきっかけは〝彼〟だった。高一の冬に出会った〝彼〟がスタートだった。そこからの十一年間、一度も足を止めずにがむしゃらに走ってきた。

その俺が初めて足を止めた。正直、かなり疲れている。当たり前だ。十一年間、ずっと休まずに走り続けてきたんだから。

迷いもある。ここまでは無我夢中で迷う暇もなかった。とりあえず、少しだけ前を見据えて、必死に走ってきた。でもふと気がついて顔を上げたら、永遠に続いていると思っていた道は途切れていた。

道を見失い、どのルートをどう走ればいいのかわからなくなって、いまの俺は足踏みをしている。

なんとなくだけど、ここから先は、ただがむしゃらに走るだけじゃだめな気もしている。

これまでの方法論じゃだめだ。だから、行き詰まったのだ。

この先十年の展望、新たな進むべき道を見つけなくてはいけない。

それはわかっている。だけど、探し方がわからない。

迷ったときは初心に還れという。

自分にとってのスタートである〝彼〟と会うことで、見失ってしまった道筋をもう一度探し出すヒントが得られるんじゃないか。

「俺の勝手な思い入れなんですけど……それくらいしか、いまは手がかりがなくて……」

行動が先走るのは俺の悪い癖だ。置いてきぼりだった思考が、第三者に話すことによって、少しずつ整理されていく感覚があった。

（そうか……そういうことなのか）

みずからの衝動の理由に思い当たり、ひそかに納得していると、俺の拙《つたな》い話を黙って聞いてくれていた教授が『……なるほどな』とつぶやく。

『ちょっと待っていなさい』

そう言い置き、保留音が流れた。ほどなくして電話口に戻ってくる。

『いまデスクを探したら、数年前にもらった葉書が出てきた』

「本当ですか！」

『ただし、住所しか書いていないし、いまもここにいるのかはわからない』

断りを入れたあとで、教授が住所を読み上げてくれた。

『もし彼に会えたら、ひさしぶりに顔を見せろと伝えてくれ』

「はい、必ずお伝えします。ありがとうございました！」

礼を言って通話を切ってから気がつく。

もしかしたら、教授ははじめから〝彼〟の住所を知っていたんじゃないだろうか。

なんらかの理由によって知らない振りをしていたけれど、俺の話を聞いて考えが変わった。そんな気がする。……いや、ただ本当にそんな気がするだけだけど。

ともかく住所はゲットした。暗闇《くらやみ》に光明。著《いちじる》しい進展だ。

(よかった。東京にいるんだ)

東京を離れた遠方、もしくは海外に移住している可能性も想定していたので、ちょっとほっとした。

しかも地図アプリに住所を打ち込んでみたら、うちから歩ける距離だ。善は急げ。早速明日訪ねてみよう。アポなしでいきなり押しかけて、本人に会えるかどうかは運次第だが、電話番号もメアドもわからないので当たって砕けるしかない。

やるべきことが決まって少し落ち着いた俺は、そこから明け方まで一心不乱に断捨離を敢行《かんこう》した。ひさしぶりにすっきり片付いた部屋で、倒れ込むように就寝。

翌日、つまり今日は、目が覚めたときにはすでに正午を回っていた。池尻大橋駅近くの定食屋で少し遅めの昼食を済ませたのちに、目的地を目指しててくてくと歩き出し、つい先程目指す建物に到着——というのがここまでの経緯。

ついに〝彼〟まであと一歩のところまで来た。

——もし彼に会えたら、ひさしぶりに顔を見せろと伝えてくれ。

昨日の教授の声がリフレインする。

教授は〝彼〟が会いに来るのを待っている。でも自分が直に「会いに来い」と言ったら、立場上それは強制になってしまう。だから間接的に、俺に思いを託したんじゃないだろうか。

その思いを伝えるためにも、〝彼〟に会わなければ。

「おっし！」

気合いを入れ直した俺は、外階段を上がり始めた。二階の踊り場に立って、出入り口らしき木製のドアを発見。ブザーかチャイムを探したが見当たらなかったので、ドアノブを摑《つか》んで回してみた。鍵はかかっておらず、あっさりと開く。

いささか不用心な気もするが、俺的には助かった。

そろそろとドアを開け、なかを覗《のぞ》き込む。板張りの廊下が見えた。まっすぐ続く廊下のどん詰まりに窓があり、そこから光が射し込んでいるので明るい。廊下の両側には、ほぼ一定の間隔でドアが並んでいた。廊下に人気《ひとけ》はなく、シンと静まりかえっている。

廊下の両側に向かい合わせでドアが並んでいる光景は、どことなくホテルを思わせた。大学のときの学生寮もこんな感じだった。無論、こんなシャレオツじゃなかったけど。

「えっと、土足でいいのかな?」

少し観察してみたが、靴箱なども見当たらないので、土足OKと判断して、そのまま足を踏み入れた。板張りの廊下に並ぶドアは、外観の鎧戸や窓枠と同色のスモーキーな水色で、壁の色はベージュ。ドアとドアのあいだに、アンティークっぽいウォールランプが設置されている。それぞれのドアに表札などはなく、代わりに真鍮《しんちゅう》のナンバープレートが【1】【2】【3】と貼り付けられていた。住所の最後の「1」はなんだろうと思っていたが、ルームナンバーだったようだ。

「1、2、3、4、5、6……7で終わりか」

両側の部屋を交互に指さし、ナンバープレートを小声で読み上げながらどん詰まりまで歩いていくと、右手に階段が現れた。さっき俺が使った階段は外階段で、こっちは内階段ってことか。下がれば一階のカフェ、上がれば三階？

いつもの好奇心が発動して探索してしまったが、目的は〖1〗の部屋だ。廊下を引き返して〖1〗のドアの前に立つ。ブザーがなかったのでノックした。

コンコンコン。

応答なし。もう一度ノックして待ってみたが、やはりノーリアクション。

（留守？）

やっぱ、いきなり突撃してもだめか。

出直すか。それとも待つか。

幸い下がカフェだし、こんなこともあろうかと未読本を持参してきた。でも三時間以上待つなら、いったん家に帰って夜に出直すのもアリかもしれない。

思案しつつ立ち尽くしていたら、背後でガチャッと音がした。振り向くと、〖2〗のドアが開いて背の高い男が出てくる。デザイン系のセルフレーム眼鏡をかけた、シュッとした若い男だ。百八十をゆうに越している長身のせいか、ちょい猫背気味。フルジップのフード付きダウンに、キャンバス地のショルダーバッグを斜めがけにし、ボトムはスキニータイプのコーデュロイ、足許《もと》はバックスキン素材のスニーカーというなかなかのおしゃれさんだ。

たぶん、俺と同じくらいの歳。そう踏んだ俺は、同年代の気安さも手伝って「あの」と声をかけた。

「宗方《むなかた》さんって、お留守ですかね？」

部屋の鍵をかけていた男が、ちらっとこっちを見た。これといった感情が窺《うかが》えない無表情のまま、一重の切れ長の目で俺をじっと観察したのちに口を開く。

「宗方さんに用？」

少し掠《かす》れた声。イメージより低めだ。

「はい。ノックしたんですけど反応がなくて」

すると眼鏡男子は低い声で「客とかめずらしー」とつぶやいた。

「え？」

はっきり聞き取れずに聞き返したら、親指と薬指で眼鏡をくいっと持ち上げる。

「この時間ならパチ屋じゃない？」

「パチ屋？」

「大体そうだから」

抑揚のない平淡な声音でクールに言うなり、もう俺には興味を失ったかのように、耳にイヤホンを突っ込んで歩き出した。一度も振り返ることなく、外階段に通じるドアを抜けて出て行く。カンカンカンと階段を下りる音が響き、やがて消えた。

「愛想《あいそ》ねーな……」

いや、ちゃんと答えてはくれたんだけど、微妙に感じ悪い気がするのは考えすぎか？

もしかして、近所づきあいが上手くいってないとか？

お節介ながら、〝彼〟のご近所づきあい問題について考えていたら、今度は隣のドアが開いた。

【3】のドアから出てきたのは小柄な女性だった。こちらも同年代。オーバーサイズの白のモヘアニットにマキシ丈スカート、ぺたんこバレエシューズというコーデ。栗色の髪を頭の上でツインのお団子にしている。

（お、かわいい）

女性としてきれい、かわいいというより、小動物的なかわいらしさ。

黒目が大きいせいか、ふたつのお団子のせいか、どことなく某有名ねずみキャラを彷彿《ほうふつ》とさせる女子が、俺の視線を感じ取ったかのようにこっちを見た。とたん、彼女の肩がビクッと大きく揺れる。怖がらせてしまったかなと思った俺は、できる限り感じのいい笑顔を作った。

しかしそれが逆効果だったらしく、白くて小さな顔がみるみる強《こわ》ばっていく。さっきの無表情男とは対照的なリアクションだ。

(ヤバい。不審者じゃないって説明しなきゃ)

焦った俺は、警戒心バリバリの彼女に「あ、あの……」と話しかけた。

「そうじゃなくて、俺」

無意識に一歩踏み出すと、彼女が「ひっ……」と喉《のど》から悲鳴を漏《も》らして後《あと》ずさる。「ひっ」とかリアルで初めて聞いた。

違《ちが》っ……断じて怪しい者では！　そう申し開きをしようとした刹那《せつな》、彼女がくるっと踵《きびす》を返す。ダッと廊下を駆け出し、あっという間に俺の視界から消えた。

「な……なんなん？」

呆然《ぼうぜん》と立ち尽くす俺の聴覚が、最奥の内階段をパタパタと上がっていく音を捉《とら》える。どうやら三階に上がっていったようだ。

これはもう完全に不審者認定された。

(俺ってそんなに人相悪い？)

初対面でもわりかし「愛嬌《あいきょう》があってなつっこい感じだよね」って言われて(人畜無害と同義だっていうのはわかっちゃいるが)、第一印象で警戒心を抱かせないのが数少ないチャームポイントだっていう自負があったから、こうもあからさまに不審者の烙印《らくいん》を押されるのはショックだった。まだ失恋のダメージから完全に立ち直れていないブロークンハートは、脆《もろ》く、傷つきやすいのだ。

「……帰ろっかな」

絶対に〝彼〟に会うつもりでここまで来たけど、どうも留守のようだし、スカシ眼鏡は若干《じゃっかん》感じ悪いし、お団子女子には不審者扱いされるしで、今日はもう引き揚げて、日を改めて出直したほうがよさそうだ。

しょんぼりと肩を落とし、外階段に通じるドアに向かって歩き出したときだった。

背後から、内階段を下りてくるふたり分の足音が届く。カツカツカツという革靴の硬い音と、パタパタパタという バレエシューズの軽い音。

俺が足を止めて振り返ったのとほぼ同時、廊下のどん詰まりに、さっきのお団子女子が姿を現した。傍《かたわ》らにはノーブルな美形。白いシャツにウエストコートをつけ、トラウザーズを穿《は》いた英国紳士みたいな……なにあの八頭身、日本人？

怯《おび》えた表情のお団子女子が俺を指さし、紳士になにかを訴えた。うんうんとうなずいていた紳士が、こちらに向かって歩き出す。その後ろをお団子女子がついてきた。

近づくにつれて男の顔立ちがはっきりする。秀でた額にまっすぐで高い鼻。端整な唇。

「こんにちは」

日本人離れしたルックスの紳士が声をかけてくる。

「ここの誰かに用事かな？」

ソフトなトーンで話しかけられ、ちょっと安心した。顔つきも上品で穏やかだ。相変わらず、お団子女子は紳士の後ろに隠れて、ビクビク肩を揺らしているけれど。

「宗方さんに会いに来たんですけど……留守みたいで」

紳士がなぜか目を瞠《みは》った。そうすると、瞳の独特な色合いが際立つ。髪の色も灰色がかった不思議な色で、やっぱり異国の血が混ざってるっぽい。ハーフ……じゃなくて、いまはダブルって言うんだっけ。たぶんそれだ。日本語はすごく流暢《りゅうちょう》だけど。

「宗方の知り合い？」

「知り合いっていうか……大学の後輩でして」

「へえ……宗方の後輩なら、僕の後輩でもあるよ。僕と宗方は大学の同窓なんだ。学部は違うけど」

「えっ、そうなんですか!?」

今度は俺が目を見開く番だった。こんなところで大学の先輩に会うとは。

「やつはいま出かけていてね。でも、そろそろ戻る頃合いだ」

俺でも高級だとわかる腕時計で時間を確かめた紳士が、にっこりと微笑《ほほえ》みかけてきた。

「ちょうどティータイムだ。もしよかったら、やつが帰ってくるまで上でお茶でもいかがですか？」

　ハーフ、もといダブル顔の紳士にナンパされた俺は、彼のあとに従い、三階まで上がった。紳士は「きみもどう？」とお団子女子に誘いをかけていたが、彼女は首を横に振って自分の部屋に戻っていった。最後まで、俺とは頑《かたく》なに視線を合わせようとしなかった。どうも嫌われたらしい。

　女の子に嫌われるのって、ぜんぜん知らない相手でもダメージでかいな。

　わかりやすくへこんでいたら、「気にしなくていいよ。彼女はやや男性恐怖症のきらいがあってね」と紳士がフォローを入れてくる。

「一階のカフェにはいろんなお客さんが出入りするけど、二階まで上がってくるひとは滅多にいないから、驚いたみたいだ」

　男性恐怖症。それであの過剰リアクション？

「どうぞ、入って。あ、靴のままでいいからね」

招き入れられた三階は主室だけで相当な広さがあり、ソファとローテーブル、肘《ひじ》掛け椅子が置かれた客間らしきスペースと、壁一面を覆う書架とライティングデスクで構築された書斎スペース、ダイニングテーブルと椅子が置かれたリビングスペースとに分かれていた。

天井の高い広々とした空間だけでも、立地を考えれば超贅沢《ぜいたく》だが、内装がまたすごかった。緻密《ちみつ》な装飾が刻まれた天井からは、シェード付きのクリスタルシャンデリアが下がっている。ウィリアム・モリスを思わせる草花が描かれた壁紙、それ自体が芸術品みたいな絨毯《じゅうたん》、アンティークらしき調度品や家具。そして——。

「おおっ、暖炉！」

壁の一角に設置された石積みの暖炉に、俺は思わず声をあげた。ちゃんと薪《まき》がくべられる本格的なやつで、実際に火が赤々と燃えている。そういえば、屋根から煙突が伸びて煙が出ていた。

俺の実家でも囲炉裏《いろり》を使っていたし、近隣にはまだ薪で風呂焚《た》きをしている家もあった。バイト先の老夫婦のところがそうで、年寄りには大変な作業だから、ちょくちょく薪割りを手伝ってあげていたっけ……。

「やっぱ本物の火はいいいな」

吸い寄せられるように暖炉に近寄り、パチパチと燃える薪で暖を取っていたら、くるぶしの少し上のあたりになにかが触れた。

「ん？」

下を向くと、黒地に赤茶、鼈甲《べっこう》色が混ざった毛並みの猫がスリスリしている。

「うお、かわいい！」

俺の言葉がわかったかのように、さび猫が「ナー」と鳴き、ゴロゴロ喉を鳴らした。しゃがみ込んで、ゴロゴロしている喉を撫《な》でる。猫が顔を手首にぐりぐり擦《こす》りつけてきて、髭《ひげ》がくすぐったい。

「さび猫ってことはメスか」

「詳しいね」

しばらく姿を消していた紳士が、銀のトレイを持って現れる。カップ&ソーサー二客とティーポット、ミルクピッチャー、シュガーポットを載せたトレイだ。さび猫が俺から離れて、ご主人様のぴかぴかに磨かれたオックスフォードシューズにじゃれつく。

猫と紳士と銀のティーセット。絵になるなあ。

一瞬、毎シーズン追いかけている海ドラの、英国貴族の館にワープしたみたいな錯覚に囚《とら》われた。

「俺、猫派なんです。実家でも祖母が飼ってて……ずいぶん前に天に召されちゃいましたけど」

「僕も猫派。気が合うね。この子はサビィっていうんだ」

「さび猫のサビィちゃんか」

「ナー……」

サビィが振り返って返事をする。

「なつっこい子ですねー。でもちょっと意外です」

「意外？」

ソファセットのローテーブルにトレイを置きながら紳士が聞き返す。

「この部屋の雰囲気だと、ブリティッシュかスコティッシュを飼ってそうだから」

「さび猫は性格がとてもいいし、頭もいいからね。僕は完成されているものにあまり興味がないんだ。だから血統書付きの猫よりも雑種のほうが好きだ。いろんな血が混ざり合っているせいで、毛並みや柄、目の色が個体によって著しく異なる。そこが魅力的で……といっても、純血種には純血なりのよさもあるわけで……まあ結局のところ、猫は猫であるというだけで尊く、存在そのものに価値がある」

愛猫家《あいびょうか》にありがちな、ぐだぐだな猫ノロケを述べたあとで、「——どうぞ、かけて」とソファを示した。

「失礼します」

ソファに腰かけた俺は、ダウンを脱ぎ、ショルダーバッグと一緒に傍らに置く。

紳士は慣れた手つきで、カップにピッチャーからミルクを注ぎ入れ、さらにティーポットから紅茶を注いだ。優美な所作は、J・C・ライエンデッカーのイラストを想起させる。

「お砂糖は？」

「入れたほうがいいですか？」

「僕は砂糖入りを推奨《すいしょう》している」

「じゃあ、お願いします」

砂糖を入れてティースプーンで混ぜたカップ&ソーサーを「どうぞ」と目の前に置かれ、

「いただきます」と手に取った。熱くて濃厚な紅茶と冷たいミルクが混ざり合い、なんともいえない芳醇《ほうじゅん》な味わいが舌と口を魅了する。思わず「うまっ」と叫んでしまった。

「なんですかこれ！　めっちゃ美味《うま》いっすね！」

「口に合ってよかった。ミルクティーの淹《い》れ方は母方の祖母譲りでね。母方の家系は代々ミルク・イン・ファースト派なんだ」

「こんな美味《おい》しい紅茶、初めて飲みました！」

興奮する俺に、紳士がにこにこと笑う。ローテーブルを隔てて、俺の向かい側に位置する肘掛け椅子に座った彼も、カップの取っ手を摘《つ》まんでソーサーから持ち上げ、口に運んだ。

よくよく考えてみたら、見知らぬひとの家に上がり込んで、お茶までご馳走になっているなんてかなり図々《ずうずう》しい振る舞いだ。でも大学の先輩だと思うと、不思議とまったくの他人とは思えないもので……。

そこで、はたと気がついた。すっかりまったりくつろいじゃっていたけど、自己紹介がまだじゃん！

あわててショルダーバッグのなかの財布から、自作のネームカードを取り出した。出際にちゃちゃっとデザインしてプリントアウトしてきた即席のカードだ。立ち上がって、猫を膝《ひざ》に抱く紳士の側《そば》まで行き、両手でカードを差し出す。

「俺……じゃなくて僕、石岡と申します。会社辞めたばっかりで、ちゃんとした名刺なくてすみません」

片手で受け取った紳士が、名前と住所とメアドが並ぶカードに視線を落とした。

「石岡哲太《てった》くんか。会社辞めたって、前の仕事は？」

「小さな広告代理店にいました。一応、クリエイティブで入社したんですけど、デザインもやれば企画も営業もやるって感じで」

「ふーん、オールマイティだね。おや、住所がわりと近くだ」

「はい、今日もここまで歩いてきました」

「僕は二階堂《にかいどう》です。この『リバーエッジハウス』の大家で、一階のカフェのオーナーでもある」

説明しつつ立ち上がり、部屋の一角を占める書斎スペースまで歩み寄る。ライティングデスクの抽斗《ひきだし》から名刺を一枚取り出し、戻って来た。

「はい、どうぞ」

手渡された活版印刷の名刺には、【二階堂ハウジング　代表取締役社長　二階堂・アレックス・瑠偉《るい》】とあった。

「ハウジング……あ！　不動産屋さん……の社長さん？」

「親の跡を継いだ名ばかり社長でね。本業は猫のお世話係」

名前から、やはり異国の血が入っていることが判明した二階堂が、会社のトップらしからぬ、のんびりとした口調で言った。

（生まれながらのセレブはガツガツしてないって本当なんだな）

ここまでの話を総合すると、この三階建ての洋風の建物は彼の所有物で、一階でカフェを営み、三階を住居としているらしい。となると二階は？

「あの、ちなみに、ここの二階はなんなんですか？」

頭に浮かんだ疑問を口にしてみた。

「二階？　ああ、シェアオフィスだよ」

「シェアオフィス……って、コワーキングスペースみたいな？」

「シェアオフィス……って、コワーキングスペースだよ」

コワーキングとは、事務所を持たないノマドワーカーが、作業スペースや会議室、打ち合わせスペースなどを共有しつつ、個別に独立した仕事を行うワークスタイルだ。月単位で契約するフルタイムと、時間貸しのドロップインがある。オープンスペースでイベントを行い、参加者同士のコミュニティ育成に積極的な施設も多い。フリーランスが孤立して、対人交流が希薄になってしまうのを防ぐためらしい。

俺もこの先のことを考えてぼちぼち調べていたので、ひととおりの知識はあった。

「まあ、そんな感じかな。ただうちはフリーデスクではなく、全室個室だから、共有スペース機能を持ったレンタルオフィスの色合いが強い。——もともとこの家は、僕と家族が暮らす住居だったんだ」

「そうだったんですか」

「ところが数年前に父が亡くなって、母は国に帰ってしまった。僕とサビィが暮らすには広すぎるということで、現在の形に改築した。三階が住居、一階がカフェ、二階がシェアオフィス。二階をオフィスにしたのは、一般的な賃貸ルームの大家になるのはいささか気が重かったから。仕事柄、店子《たなこ》とオーナーのトラブルをたくさん見てきたからね。オフィスなら、仕事が終わればみんな夜は帰宅するし、少し気が楽かなと思って」

「なるほど」

「まあ、それでも、ひとに部屋を貸すのにリスクは付きものだ。だから二階の入居者は、僕がひととなりを見極めて選んでいる」

「というと？」

「僕が個人的に気に入った人間しか入居させない」

とっさに「上から！」と突っ込んで、はっと息を呑む。話しやすいから、つい。

「……すみません」

首を縮めて謝ったら、二階堂は「別にいいよ。本当のことだしね」と笑った。

「だけど、普通の賃貸ルームだって審査はあるだろう？　店子に支払い能力があるか、保証人はいるか、大家の希望に沿った条件を有しているか。ここではそれが僕のフィーリングに特化しているだけの話だよ。それにひとを選ぶ分、賃料はかなり抑えめに設定してある」

つまるところ、ビジネスじゃなくて金持ちの道楽ってやつなのか？

「選考基準はあるんですか？」

「明文化できるものはないかな。実際、いま入居しているメンバーも、年齢、ジェンダー、職業ともにバラバラだ。たとえ世の大多数にすばらしい才能の持ち主であると賞賛される人物であっても、僕のアンテナが反応しなければ入居はお断りしている」

「ぶっちゃけ、二階堂さんの好き嫌いがすべてということですか」

「そういうこと。そのせいか、なかなか条件をクリアする人材がいないのが困りものなんだ」

口ばかりで、たいして困った様子もなく、二階堂がカップをソーサーに置いた。

（待てよ）

じゃあ、あのスカシ眼鏡とお団子女子は、二階堂のお眼鏡に適《かな》った〝選ばれし者〟ということか。

もちろん、宗方も。

（そうだった。それが本題）

ここに来た目的を思い出したところで、二階堂からも〝彼〟に関する質問がきた。

「ところで、石岡くんはなんで宗方を訪ねてきたの？」

「話せば長くなるんですけど」

「いいよ。やつはまだ帰って来ないし、僕はご覧のとおり暇を持て余している」

鷹揚《おうよう》に促《うなが》され、どこから話せばいいのか悩んだ末に、時計の針を高一まで巻き戻す。

高一の冬に、宗方にフィーチャーしたドキュメンタリー番組を観て、彼に憧れ、自分もクリエイティブディレクターになりたいと思ったこと。しゃかりきバイトで金を貯め、猛勉強で宗方の母校に合格し、親の反対を押し切って青森から上京。卒業後、なんとか滑り込んだ広告代理店での、五年におよぶ社畜《しゃちく》生活――。

二階堂がまた聞き上手で、「ふんふん」「ほうほう」「それは大変だったね」「それで？」などと絶妙な合いの手を入れてくるものだから、ついつい、黒歴史の最たる失恋話まで披露してしまった。意中の彼女の顔に吐瀉《としゃ》物をかけてしまったくだりでは、あまり物事に動じなさそうな二階堂も「ＯＨ！」と天を仰いでいた。

「……というわけで、なんとか住所をゲットして、いまここに至ります」

「なるほどねえ。尾野《おの》教授は僕も面識があるよ。在学中から宗方に目をかけて、かわいがっていらしたよね」

「そうみたいです。宗方さんが顔を出さないので、少し寂しそうでした」

「うーん……でも僕は逆に、やつが教授にここの住所を知らせていたことに驚いた。完全に過去との繋がりを断ったわけじゃないんだな」

ひとりごちるようなつぶやきに、「え?」と聞き返す。

「いや、こっちの話。それで、きみは宗方に会ってどうしたいの?」

教授と同じことを聞かれてしまった。

「どうって聞かれると困るんですが……とにかく一度会ってお話ししたいんです。人生を変えた方ですし、俺にとっては永遠のアイドルっていうか」

「……アイドル」

二階堂がものすごく微妙な顔をする。

「ネットで検索しても、最近の動向がまったく引っかかってこなくて心配だったんですけど、シェアオフィスに入居しているってことは、いまも仕事をしてるってことですよね? でも、さっきのお団子の女性の前に会った眼鏡の男性は、宗方さんはパチンコに行ってるって」

「うん、まあ、いま時分はだいたいそこだね」

浮かない表情でうなずき、二階堂が膝の上のさび猫を撫でた。

「えっ、だって平日の午後三時ですよ?」

俺の指摘はスルーして、二階堂が「お茶のお代わりはどう?」と尋ねてくる。

「ありがとうございます。でもけっこうです。で、宗方さんは結局……」

追及しかけたとき、二階堂の膝の上で丸まっていたサビィがぴくっと顔を上げた。耳と髭をぴくぴくさせていたかと思うと、主人の腕からするりと抜け出し、トンッと床に下りる。そのままトトトと部屋を横断し、ドアの前でナーと鳴いた。

「……帰ってきたようだ」

二階堂の低い声を、ダンダンダンッと階段を踏み鳴らす荒っぽい靴音が搔《か》き消す。ほどなくガチャッとドアが開いた。

「勝ったぞ!!」

いきなり響き渡った大声に、びっくりしたサビィが、ドアの前からびゅっと逃げる。

乱暴にドアを開け、出入り口を塞《ふさ》ぐようにして立つ男を、俺は二階堂の肩越しに見た。

第一印象は〝デカい〟。そして〝むさい〟。

二階堂もスカシ眼鏡も長身だが、新たに登場した男はプラス体格がよく、がっちりしているので、余計に大きく見える。カーキのMA-1ジャンパー、黒のスウェット素材のセットアップ、ごっつい編み上げのワークブーツといったミリオタちっくなコーディネイトが、また威圧感を底上げしている。

明らかに意図《いと》的なヘアスタイルではなく、長期間切りに行っていないだけと推察される長めの髪には、ところどころ寝癖がついていた。浅黒い顔の下半分には、軽く一週間はカミソリを当てていなさそうな無精髭《ぶしょうひげ》が散っている。

「朝いちで並んだ甲斐《かい》があったぜ！」

両手に白いレジ袋を提《さ》げた男が、大作りな顔に喜色を浮かべて、ズカズカと室内に上がり込んできた。

「にしてもここが損益分岐点と見極め、切り上げてくる俺様、さすが！」

自画自賛のあと、カカカッと大口を開けて笑う。

「先週は突っ込んでも突っ込んでもボロ負けで、さすがに年貢《ねんぐ》の納めどきかと思ったけどな。まだまだ勝負の神様は俺を見捨てちゃいなかった。これでおまえに金を返せる。なんなら利子もつけるぜ」

やや高揚《こうよう》した口調でまくし立てながら、レジ袋から袋菓子やチョコレート、飴《あめ》などをガサガサと取り出し、ローテーブルの上に並べた。

「端数を景品に換えてきた。おまえ、甘いもん好きだろ？」

自慢げな声を発して顔を振り上げた男と、バチッと目が合う。その段でやっと俺の存在を認知したらしい男が、太い眉と眉の間にくっきり皺《しわ》を寄せた。

「誰だ、おまえ？」

ドスのきいた低音で凄《すご》んでくる。

「宗方、おまえを訪ねてきたお客さんだよ」

二階堂が紹介した。

「客？」

男はますます怪訝《けげん》そうな表情をする。ほかはむさ苦しいのに、そこだけは異様に澄み切った黒い瞳で、じっと俺の顔を見据えた。

「知らねー顔だな」

一方の俺はといえば、ようやく無精髭の大男の正体が呑み込めて、ワンテンポ遅れてきた衝撃に仰《の》け反《ぞ》り、「えええっ」と驚愕《きようがく》の叫びをあげる。

「こ、こ、このひとが宗方さん⁉」

自分の記憶のなかの〝彼〟と、目の前のギャンブル依存症のおっさんが、どうしても結びつかずに、「うそ……」と口を半開きにした。

田舎《いなか》の高校生には眩《まぶ》しいくらいにキラキラしていた〝彼〟が。

成功者としてのオーラを放ちまくっていた〝彼〟が。

自分の人生を変えた〝彼〟が。

十一年という年月が過ぎたとはいえ、ここまで劣化しているなんて……！

（信じられない……）

現実を直視できず、顔を引き攣《つ》らせてフリーズする俺に代わって、二階堂が宗方に事情を説明する。

「おまえに憧れて青森から上京してきて、現在失業中だそうだ」

大切なポイントをかなりはしょったアバウトな解説に、宗方が「ああ？」と片眉を撥《は》ね上げた。

「なんだそりゃ……」

不機嫌そうな顔つきを見て、はっと我に返る。

どんなにうらぶれて往年の面影がなかろうとも、目の前のひとが心の恩人であることには変わりがない。

ソファから立ち上がった俺は、シャキッと背筋を伸ばした。

「は、初めまして、石岡と申します」

「…………」

恩人は挨拶《あいさつ》を返す素振りもなく、眉根を寄せたまま、仁王立ちしている。対峙《たいじ》してみると本当にデカかった。七海《ななみ》さんちで会った証券マンも大きかったけど、あいつよりデカい気がする。思わず見上げるほどだ。

脊髄《せきずい》反射で萎縮《いしゅく》しそうになるのを堪《こら》えて言葉を継ぐ。

「あの、俺、宗方さんの大学の後輩なんです」

「………………」

男の口がますますへの字に曲がる。

焦った。想像していたのとぜんぜん違う。俺の脳内ではここで「へえ、僕に憧れて上京？　しかも大学の後輩？」となごやかなムードになる予定だった。

が、現実はウエルカムどころか、完全に「それがなにか？」状態。歓迎されていない空気をひしひしと感じたが、ここで退《ひ》いたら、俺の骨幹というか、基板というか、核《コア》みたいなものが揺らいでしまう。ただでさえいま、かなりグラグラしているのに。

切迫した焦燥に駆られた俺は、あたふたと身を返し、ショルダーバッグのなかから一冊の本を取り出した。くるっと振り返って「この本！」と差し出す。

「この本を読んで、あなたに憧れて東京に出てきたんです！」

読み込んでボロボロになった『クリエイティブディレクターの仕事術』を、宗方がチラ見した。刹那、眉尻がぴくっと動いたような気がしたが、一瞬すぎて見極められない。

（く、空気が重い……）

助けを求めて二階堂を見たが、いつの間にか膝に戻っていたサビィを撫でつつ、すまし顔で高みの見物を決め込んでいる。助け船を出すつもりはなさそうだ。

本当は、もう少しゆっくり距離を詰めたかった。世間話とかで場をあったためた上で、高校生の自分がどんなに〝彼〟に憧れていたか、その存在が孤独な自分のどれだけ大きな支えであったかを熱く語りたかった。

しかし、あたためていたプランは二階堂の雑な紹介によって、ご破算。

さっきより不機嫌さが二割増しになったように感じられる大男を前にして途方に暮れ、ごくっと唾《つば》を飲んだ。ここはもう一か八かの賭《か》けに出るしかない。全部ぶっちゃけて、温情に訴えかける作戦だ。

「俺、いま二十七なんですけど、ちょっと人生に迷ってまして……五年間、自分なりに必死に仕事をがんばってきたけど、結果的に失職して、おまけに失恋もして……気がついたらなんにも持ってないし、先の展望も見失って……。それで、初心にかえって自分を見つめ直すために、心の師匠である宗方さんに会いに来たんです」

「………」

「携帯とメアドがわからなかったんで、アポなしでいきなり押しかけて来ちゃってすみません。でも、どうしても一度お会いしたくて。本当はなにがしかを成し遂げて、自分に自信をつけてからお会いしたかったんですけど」

「……どうやってここを知った？」

ぼそっと低い声で問われ、「え？」と聞き返す。

「誰に住所を聞いたんだ」

「あ……尾野教授です。俺も広告心理学ゼミだったんで」

今度は、浅黒い顔に明らかな動揺が走った。そして、そんな自分に苛立《いらだ》ったかのように
むっと渋面《じゅうめん》を作り、野太い声で「帰れ」と言った。

「俺は忙しいんだ。帰れ！」

野良猫でも追い払うみたいに、しっしっと手で払われて、かちんとくる。いくらなんで
も、その追い出し方はないいんじゃないか。

「……忙しそうに見えませんけど」

小声でぼそっと突っ込んだら聞こえてしまったらしく、ギロッと睨《にら》まれた。

「るっせーな。たとえ暇だとしても、なんで俺が見ず知らずのおまえのために時間割いて
やらなきゃなんねーんだよ？」

もっともな切り返しに、うっと詰まる。確かに〝彼〟のほうには義理も義務もない。

俺の一方的な思い入れだし、わがままだ。

でも、ここで「そうですよね」と納得してすごすご退散したら、話をするチャンスはき

っと二度と巡ってこない。

どうにかしないと。だけど、どうすればいいのかわからない。

八方塞がり――まるで俺の人生そのものだ。

背中がいやな汗で濡《ぬ》れる。追い詰められ、気がつくと俺は叫んでいた。

「せ、責任取ってください！　あなたに憧れて上京してきて……俺、いま東京で迷子になっているんです！」

自分でもめちゃくちゃなロジックだと思ったが、とっさにそれ以外の台詞《せりふ》が浮かばなかったのだ。

「お願いします！」

追い縋《すが》る俺に、眦《まなじり》を吊り上げた宗方が「知るか！」と吐き捨てる。鬼の形相を見て、どうやら逆鱗《げきりん》に触れてしまったらしいと知った。

「てめえの人生はてめえで考えろ！」

「そう言わずにお願いします！」

「うるせえ！　出てけ！」

「宗方、ここ僕の部屋だけど」

二階堂の主張は無視して、宗方は「いますぐ俺の前から消えろ！」と怒鳴り散らす。

それでも俺が動かないでいると、大股《また》で近づいてきて、いきなり二の腕を鷲《わし》掴《づか》んだ。

「い、いたたたっ」

ものすごい力だ。掴まれた部分から、怒りが伝わってくる。

「は、放してっ……痛いですっ」

抗議の声は完全スルー。もう片方の手でダウンとショルダーバッグをひっつかんだ宗方が、俺を引っ立てて出入り口までずるずる引き摺《ず》った。

到着したのと同時に腕を放され、胸元にダウンとショルダーバッグを押しつけられる。ドアをガチャッと開けたかと思うと、荷物を抱えた俺の肩をどんっと押した。

「うわっ」

荷物ごと部屋の外に押し出され、バランスを崩してよろめく。かろうじて、ドア前のスペースで踏みとどまったが、あと半歩ずれていたら階段から落ちていた。

（ひー……危機一髪！）

危ないじゃないですか！

そう文句を言おうと思って口を開いたが、俺が言うより早く「二度とその面《つら》出すな！」という捨て台詞が飛んできて、目の前でバタン！　とドアが閉まる。だめ押しで、ガチャッと鍵が回る音が響いた。

それが宗方の心の鍵がかかる音に聞こえ――ざーっと血の気が引く。

うわ、やっちまった。またしても大失態。失礼な物言いで恩人を怒らせた。

……嫌われた。

「あー、ばかばか！　俺のばかっ」

頭をぽかぽか叩いて自分を罵《ののし》る。

想定しうる限りでサイアクの事態だ。七海さんの一件を経て、もはや人生に於《お》いてあれ以上の失態はないと思っていたが甘かった。自分を悪い意味で見くびっていた。

それでもまだ未練がましく、しばらく前方を見つめていたが、固く閉ざされたドアが開く気配はない。

ノックしようかとも思った。せめて非礼を詫《わ》びたい。実際に右手を上げてドアに近づけた――けれど結局やめた。宗方の怒りのすさまじさを思い出したからだ。

さっきのいままで許してもらえるわけがない。むしろ、なおのこと不快にさせるだけだ。

ぎゅっと唇を噛《か》み締め、右手を下ろす。ノックをする代わりに、閉じたドアに向かって深々と頭を下げた。

「……すみませんでした。あと、紅茶ご馳走様でした」

相手に届かないのを承知で謝罪と礼を口にして、のろのろとダウンを着る。ショルダーバッグを斜めがけにし、ドアに背を向けて内階段を下り始めた。

二階の廊下を引き返す足取りは、どんよりした心情を反映して重い。

両側に並ぶドアの前を通過しながら、宗方とのやりとりを振り返る。

なにが「責任取ってください！」だ。「知るか！」――ごもっとも。

俺が彼の立場でも同じことを言った。いくらテンパってたからって、なんであんなこと言っちゃったんだろう。恥ずかしい。恥ずかしくて死にそうだ。

（本当に……ばかだ）

なんのためにここまで来たんだ。恩人を怒らすためか？　違うだろ？

せっかく会えたのに、教授が橋渡ししてくれたチャンスを無駄にしてしまった。

（しかも役立たず）

教授の伝言も伝えられなかった……。

外階段に通じるドアまで辿り着き、外に出ると、すでに日が陰り始めていた。行きは高揚していたから、それほど寒さを感じなかったけれど、いまは身も心もシンシンと寒い。

冬の冷気に顔を撫でられ、ぶるっと震えたところで、あっと気がついた。

「……本、忘れてきた」

念のためにショルダーバッグのなかを探したけど、やっぱりない。はっきりとした記憶はないが、たぶん、宗方に腕を掴まれて引っ立てられた際に落としたんだろう。

でも、いまさら取りに戻れない。

(あの様子じゃ、きっと捨てられちゃうだろうな)

大切な思い出が染み込んだ本まで失い、傷心に追い打ちをかけられた俺は、外階段の踊り場に蹲《うずくま》った。

「うー……」

頭を掻きむしる。

マジで泣きたかった。けど薄暗いとはいえ外で、二十七にもなって泣くなんて絶対だめだ。そんなみっともない真似できない。泣きたいのを必死に堪えていると、背後でガチャッとドアが開いた。

「よかった……まだいた」

その声に振り返る。ほっとした表情の二階堂が立っていた。

「これ、忘れ物。大事なものだろう?」

そう言って、俺がいま一番欲しいものを差し出してくる。

「あっ」

俺は急いで立ち上がり、二階堂と向き合った。もう戻ってこないとなかば諦《あきら》めていた、大切な本を両手で受け取る。

「ありがとうございます！」

戻ってきたのが本当にうれしくて、思わずひしと抱き締めた。

（よかった……！）

その様子を見ていた二階堂が、「大切にしているんだねえ」と感嘆めいた声を出す。

俺は顔を上げ、「はい、バイブルなんで」と答えた。少し興奮が収まってから、「すみません」と謝る。

「宗方さんを怒らせてしまって」

すると二階堂が神妙な面持ちを作り、「やつこそ乱暴だった。代理で謝るよ」と言った。

「そんな……二階堂さんが謝る必要はぜんぜん」

「さすがに、あそこまで逆上するとは僕も想定外だった。これでわかったかと思うけど、きみのアイドルだった宗方はもういない。昔のイメージを引き摺られるのは、いまのあいつにとって地雷なんだ。その点、きみは最もいやなパターンだったんだろうね」

分析するような二階堂の声色《こわいろ》を耳に、「……最もいやなパターン」とつぶやく。

嫌われたのは自覚していたが、第三者に断言されれば、やはりショックだった。

「過去の亡霊に憧れられても困るってことじゃないかな」

二階堂が言いたいことはわかった。

確かに、念願叶ってようやく会えた宗方は、俺が憧れた〝彼〟じゃなかった。

でもこの十一年、俺だっていろいろあった。宗方が変わってしまったからといって、俺に責める権利はない。できれば昔のままのキラキラした〝彼〟でいてほしかったけど、そんなのは俺の勝手な期待だ。

「また、きみは熱いタイプだし」

「……すみません」

わかっている。直情径行《ちょくじょうけいこう》で、一度こうだと思い込んだら突っ走りがちなのが、自分の欠点だということ。生まれついての都会人みたいに、さらりとスマートにできない。なにをやるにもトゥーマッチっていうか、暑苦しい感じになってしまうのだ。

それがときとして、相手にとって「ウザい」のもわかっている。

わかっていても、なかなか直せない。

悄然《しょうぜん》と俯《うつむ》いていると、不意に二階堂が言った。

「きみさ、家が近いならまた遊びに来なよ」

「え?」

びっくりして顔を振り上げる。成り行き上、出禁にされるのは驚かないけど、逆?

「で、でも……」

　戸惑う俺に、二階堂が「失業中で暇なんでしょ？」と言う。わりと直球というか、歯に衣着せぬ物言いでズバズバ核心を突いてくるのに、いやな感じがしないのは、セレブオーラのなせる業《わざ》なんだろうか。

「暇人同士、茶飲み友達になろうよ」

「……はあ」

「下のカフェにコーヒーを飲みに来るだけでもいいから。ね？」

　やや強引に誘って、男は端整な口許ににっこりと上品な笑みを刷《は》いた。

room [4]

宗方《むなかた》の旧友でリバーエッジハウスのオーナーでもある二階堂《にかいどう》に、「家が近いならまた遊びに来なよ」と誘ってもらえて、正直うれしかった。宗方とあんなふうになってしまい、出禁も覚悟していたから、次のチャンスを与えてもらえたことにはだいぶ救われた。

だからといって、すぐに救いの手に飛びつく自分を心情的に許せず、「ありがとうございます」とだけ言って彼とは別れた。

中目黒《なかめぐろ》から自宅のある池尻大橋《いけじりおおはし》へと戻る道すがら、しでかしてしまった失態を再度振り返り、ひとり反省大会を決行する。いまさら反省したって手遅れだってわかっているけど、せずにはいられなかったのだ。

ぐったりするほど自分の愚《おろ》かさを責めまくって自宅に着き、部屋に入るなりPCを立ち上げた。宗方の過去記事を検索してさらい直す。宗方を取り上げているトピックス数は十年くらい前――ドキュメンタリー番組でフィーチャーされた頃がピーク。その後二年くらいは精力的に活動していたようだが、徐々に露出が減り始め、ある時期を境にパタリと名前が引っかかってこなくなる。

そこから今日まで、メディア的には「消えた」存在になっているようだ。いま中目黒にいるってことは、青山《あおやま》の事務所は畳《たた》んで、スタッフも解散したということ？

例のドキュメンタリー番組に出ていた宗方の事務所のスタッフを、記憶の底から掘り起こしてみる。個々の顔はすでに朧《おぼろ》げだけど、みんな生き生きとしていて、好きな仕事に従事している充足感が画面越しにも伝わってきた。宗方に憧れ、彼のようになりたくて、彼の下で働いているように、当時の俺の目には映った。

そんな彼らもバラバラになってしまったんだろうか。確か美人の奥さんが広報をやっていたはずだけど……。

たった一度テレビで観ただけのスタッフの行く末に思いを馳《は》せながら、俺はショルダーバッグのジップを開き、二階堂がわざわざ追いかけてきて渡してくれた本を取り出した。

バイブルでもある宗方の著書をぱらぱらと捲《めく》り、開き癖のついたページの、特に好きな文章を拾い読みする。繰り返し何度も読み込んだ結果、俺のなかに深く染みこんで、もはや血となり肉となっている言葉の数々。

それでも改めて読み返せば、やっぱり胸に刺さる。

宗方の仕事に対する尽きぬ情熱が、行間から立ち上ってくるようだ。

こんなにもエネルギッシュに、自分の仕事について熱く語っていた男が、真っ昼間からパチ屋に入り浸るようなギャンブル依存症になっているなんて……。

ブランドスーツが、よれたスウェットの上下とジャンパーに。

びしっと決まっていた髪型が、伸びっぱなしのざんばら髪（しかも寝癖付き）に。

精悍《せいかん》に日焼けしていた顔は、むさ苦しい無精髭《ぶしょうひげ》に覆われて――。

見る影もなく変わり果てた姿を思い出すにつれ、じわじわと精神的ダメージが押し寄せてくる。さっきまでは、恩人を怒らせてしまったショックが上回っていたけど、冷静に考えたらこっちもかなりの打撃だ。

憧れていたアイドルの落ちぶれた姿を目《ま》の当たりにしたみたいな衝撃。

がっかりしたとか、期待を裏切られたとか、もちろんそれもないわけじゃないけど、それだけじゃなくて、うまく言えないけど、とにかく胸がもやもやする。

宗方の過去になにがあったのか、赤の他人の俺にはわからない。

でも、以前と現在のギャップの激しさから鑑《かんが》みるに、相当に深刻な挫折《ざせつ》があったことくらいは俺にだってわかる。

そのまま立ち直るきっかけを摑《つか》めず、ずるずると崖《がけ》を滑り落ちるみたいに転落して……

現在に至る？

成功者だったからこそ、躓《つまず》きの反動も大きかったんだろうか。

一緒にするなと怒られそうだけど、どうしても、八方塞《ふさ》がりないまの自分と宗方が重なってしまう。

「ふー……」

ため息をつき、本をパタンと閉じた。ＰＣデスクから立ち上がってキッチンに向かう。冷蔵庫のなかからミネラルウォーターのペットボトルを取り出し、ドアを閉めた瞬間、母と目が合った。正確には、ドアにマグネットで留めた写真の母と、だ。

「…………」

ここ最近の俺は、立て続けにいろんなものを失い続けている。

七海《ななみ》さん、仕事、同僚、自分の居場所――。

今日もまたおのれの愚かさのせいで、大事な心の恩人を失ってしまった……。

七海さんのことは着信拒否された時点で諦《あきら》めがついたし、会社に関してはここではもうやり切ったという実感があったから後悔していない。

でも、宗方は……。

全力でぶつかる前に摘《つ》まみ出された感が否《いな》めず、消化不良だ。まだ彼に、ぜんぜん俺の気持ちを伝え切れていない。ここを中途半端にしたままじゃ先に進めない。

(進んじゃいけない)

単なる勘だけど、宗方に憧れていたあの頃の自分がきちんと納得できるよう、この胸のもやもやを解消しない限り、進むべき道が見えてこない気がする。

「……教授の伝言も伝えてないしな」

写真の母に視線を据えて、俺はペットボトルのキャップを外した。ミネラルウォーターを三分の一ほど一気に喉《のど》に流し込んでから、濡《ぬ》れた口を手の甲でぐいっと拭《ぬぐ》う。

「決めた!」

声に出して気合いを入れ、ペットボトルを片手にPCデスクに戻った。ハイバックチェアに座ってグラフィックソフトを立ち上げる。会社を辞めてからは、ネット検索に使ったくらいで、まともにPCに触れていなかった。

ひさしぶりにソフトを立ち上げたのは、自分がかかわった仕事をポートフォリオにまとめようと思い立ったから。

俺はディスプレイと向き合い、五年分のデータを整理する作業を開始した。

翌日の午後三時。

リバーエッジハウス三階の二階堂の部屋を訪ねると、タイミングよくオーナーは在宅していた。一瞬、俺の突然の来訪に驚いた表情を見せたが、すぐに品のいい笑みを浮かべ、「やあ、よく来たね」と歓迎してくれた。

一方、ソファでの昼寝中に、俺のノックで目を覚ましたらしい宗方は、みるみる渋面《じゅうめん》を作った。腹の上に載せていたサビィを下ろして立ち上がったかと思うと、ずんずんと大股《また》で距離を詰めてくる。頭上から俺を睥睨《へいげい》し、低い声で凄《すご》んだ。

「なにしに来やがった。二度と顔を出すなと言ったよな?」

殺気を纏《まと》う大男に体がきゅっとすくみかけたが、ぐっと奥歯を食いしばって胸を反《そ》らす。ここで怯《ひる》んだら終わりだ。

ねじ伏せるような強い視線をかろうじて受け止め、果敢に言い返した。

「今日は宗方さんに会いに来たんじゃありません。昨日、二階堂さんと下のカフェでコーヒーを飲む約束をしたんです」

俺の主張を聞いた二階堂が「そうそう、約束したんだ」とフォローしてくれる。「本当か?」と疑わしげな眼差《まなざ》しを向ける宗方を後目《しりめ》に、つと腕時計に視線を落として、「約束の時間ぴったりだ」と満足そうな声を出した。

「ランチタイムが終わって、三時からティータイムが始まる。一階のカフェは、シェフの手作りスイーツも美味《おい》しいんだよ。さあ、行こう」

まだ納得がいかないのか、むっとしている宗方を残し、二階堂は部屋を出た。内階段を下り始めた彼のあとをすぐには追わず、俺はドアの前に仁王立ちしている男をじっと見つめる。

「なんだよ?」

動物が敵を威嚇《いかく》するみたいに、宗方が歯を剝《む》いて低く唸《うな》った。それには取り合わずに、肩にかけていたトートバッグから、一冊のファイルを取り出す。昨日の夕方から取りかかって、つい先程完成したばかりのそれを、宗方に差し出した。

「これ……俺のこれまでの仕事をまとめたポートフォリオです。お時間があるときに目を通していただけませんか」

頼み込むと、男が片方の眉を不機嫌そうに上げる。

「お願いします!」

ファイルを差し出した状態で頭を下げたが、宗方が手に取る気配はなかった。

(やっぱだめか……)

心のなかで嘆息を噛《か》み殺していたら、横合いからすっと手が伸びてきて、ファイルを摑んだ。

「二階堂さん」

階段を引き返してきた二階堂が、「とりあえず、これは僕が預かっておくから。気が変わったら言ってくれ」と宗方に告げた。

「無駄だ。変わらねーよ」

苦虫を噛みつぶしたような表情で吐き捨て、宗方が踵《きびす》を返す。室内に戻り、ふたたびソファにごろっと寝転がった男の腹の上に、サビィがトンッと飛び乗った。何事もなかったかのように、さっきとまったく同じ体勢で、男とさび猫は惰眠《だみん》を貪《むさぼ》り始める。確かドキュメンタリー番組でも、同じようにソファに寝そべっていたのを、唐突に思い出した。あのとき一緒に眠っていたのは犬だった。単に、犬が猫に置き換わっただけじゃない十一年の月日の重みを噛み締める。

「いまはまだ難しいようだけど……頃合いを見計らって、目を通すように差し向けてみるよ」

ソファのひとりと一匹を横目に、二階堂が囁《ささや》いた。

「ありがとうございます」

（いいひとだ）

昨日から何度も助け船を出してくれて。

「僕もね、このままでいいとは思ってないから……」

ひとりごちるようにつぶやいた二階堂が、「ファイルを置いてくるから、ちょっと待っていて」と言い置き、書斎スペースへ向かった。

（そっか……二階堂さんもそう思っているんだ）

そりゃそうだよな。あんなにバリバリ活躍していたひとが、一度の挫折くらいで、残りの人生を無為に過ごしていいわけがない。見たところ健康そうだし、枯れて世捨て人として余生を送るのはまだ早いし、せっかくの才能が勿体《もったい》なさすぎる。きっと教授だってそう思ったから、俺に住所を教えてくれたんだ。

「お待たせ。行こうか」

戻って来た二階堂が、ふたたび内階段を下り始めた。踊り場で折り返して二階まで下り、さらに二階から一階へと下っていく。

「このルートは基本、オーナー専用なんだ」

先に立って俺を誘導しながら、そう説明してくれた。

どうやらカフェのエントランスドアから入店する正規ルートとは別に、建物の内部から直接店に入る裏ルートがあるらしい。

一階まで下りると、ドアにぶつかった。内階段はここで途切れており、地下はないようだ。

二階堂が、ウェストコートのポケットからチェーンで繋《つな》がった鍵を取り出し、ドアを解《かい》錠《じょう》する。ドアを開けた正面には壁、右手に別のドア、左手には通路があった。

「あのドアはスタッフが出入りする通用口。駐車場に通じている」

右手のドアがなんであるかを説明して、二階堂は左に折れる。階段の横の部屋を手で示し、「ここはバックヤード」と言った。

「スタッフが休憩したり着替えたりする部屋だね。バックヤードの向かいが厨房《ちゅうぼう》」

厨房の出入り口は両開きのスイングドアになっている。銀色の二枚扉の上部それぞれにガラス窓が嵌《は》め込まれており、コックコートの男性がふたり、立ち働いているのが見えた。

「シェフの平良《たいら》くんとコミの久保田《くぼた》くん。平良くんは以前、パリの二つ星店のスーシェフだったこともあるんだ」

髪を後ろでひとつに縛っている浅黒い肌の男性がシェフで、やさしい面立ちの青年がコミか。星付き店のスーシェフにまで上り詰めた人材が、なんでカフェで働いているのかはわからないけど、一切の無駄がない立ち居振る舞いから、かなり優秀であることが窺《うかが》い知れた。コミくんも、真摯《しんし》な顔つきと労を惜しまない動きが好印象。

キッチンスタッフの働きを観察しつつ、同時に厨房の仕様をチェックした俺は、思わず「いいキッチンですね」と言った。

「ロスのない動線を考えて厨房機器が配置されているし、作業スペースもたっぷり取られていて動きやすそうです。おかげでシェフとコミの連携もスムーズですし」

「詳しいね」

二階堂が意外そうな声を出す。

「勘当《かんどう》同然で上京して仕送りゼロだったから、学生時代はとにかくバイトしまくってたんです。飲食はホールとキッチンの両方やったんで、いまでもオープンキッチンの店に入るとつい厨房のなかをチェックしちゃうし、フロアの動線も気になるしで……スタッフ視点で見る癖が抜けなくて……偉そうにすみません」

「いやいや……なるほどね」

二階堂が納得したように首を縦に振った。

「この仕切りの向こうがホールだ。先にどうぞ」

道を譲られ、木製のパーティションで仕切られた通路を歩き出した直後、前方から不意に現れた人影にビクッとなる。白シャツにポケットがたくさんついた黒のジレをつけ、白いタブリエを巻いた若い男だ。向こうも驚いたらしく、「うわっ」と声をあげた。

バランスを崩した男が、空いているほうの手で、丸盆《トレンチ》に載せた使用済みの食器を押さえる。なんとか落下の惨事《さんじ》を免《まぬが》れた男が、ふーっと息を吐いてから、俺に向かって「誰だてめー、アァッ!?」と凄んだ。三白眼気味の吊り目でガンを飛ばしてくる顔をよく見れば、子どもか？　ってくらいに若い。小柄なせいか、スピッツがキャンキャン吠《ほ》えているイメージだ。

「播磨《はりま》くん、彼は僕のお客さん」

「あっ、オーナー！　お疲れさまッス」

俺の背後の二階堂に気がついたスピッツが、ぴっと背筋を伸ばす。

「石岡《いしおか》くん、彼はね、ホールスタッフの鈴成《すずなり》播磨くん」

紹介を受けて、俺は「こんにちは、石岡です」と挨拶《あいさつ》した。

「……播磨ッス」

スピッツは引き続き、眦《まなじり》が吊り上がった目で俺を睨《にら》んでいる。いや、睨んでるんじゃなくて、もともとこういう目つきなのか。言動といい、サイドに一筋メッシュが入ったツートーンヘアといい、なんというか——。

（元ヤン？　現役ヤン？）

「播磨くん、お客さんの入りはどう？」

「ランチが終わって、いまは落ち着いてます」

「じゃあ、ちょっと席を借りるよ」

「あ、ハイ、お好きな席どうぞ」

言うなり、逃げるようにぴゅっと厨房に消えた。

「わりと人見知りでね」

「ずいぶん若い子ですね。高校生のバイトくんですか？」

「いや、社員だよ。あれでも十九歳」

「十九!?　十五、六かと思った」

二階堂が「うん、そう見えるね」と笑い、「行こうか」と促《うなが》す。

今度は二階堂が先に立って歩き出したのであとを追った。すぐにパーティションが途切れ、天井の高いホールが見えてくる。

「…………」

ホールの全容が摑める場所で足を止めた俺は、四角い空間をぐるりと見回した。

まず視線が捉《とら》えたのは、空間のセンターに据えられた、ずっしりと存在感のあるウッドテーブルだ。長方形の四方を、アンティークらしき、それぞれデザインが異なる木の椅子が取り囲んでいる。テーブルの中央には大ぶりの花器《かき》がどっしりと置かれ、白梅が天井に向かってオブジェのごとく枝を広げていた。

　客の出入り口となるのは、ガラスが嵌め込まれた二枚扉。そのエントランスドアを中心に据えて、左右対象にガラス窓が並んでいる。格子《こうし》の嵌まった窓に沿うようにカウンター席が取り付けられ、木製のスツールが並んでいた。左右に分かれたカウンター席が三スツール×二で計六席、大テーブルが八席。それ以外にも、四人がけのテーブル席が四つ、適度な間合いを取って配置されている。合計三十席。多すぎず、少なすぎず、いい塩梅《あんばい》。

　次に内装を検分する。壁と天井は漆喰《しっくい》仕上げ。床は板張り。それらに、壁に作りつけられた木の棚、木製のテーブルや椅子といった自然素材の調度品がしっくり調和し、全体的にナチュラルで落ち着いたテイストを作り上げている。照明もあたたかみのある白熱灯と、窓から射し込んでくる自然光が溶け合って、ホール全体を心地よく包み込んでいた。

　要所要所に置かれたアート、グリーン、籐《とう》の籠《かご》や陶器の小物、各テーブルに飾られている草花も、主張しすぎることなく、空間の演出に一役買っている。

　客は六割くらいの入りで、バラエティに富んでいた。カウンター席を使っているのは、ノートPCと向き合ったり、スマホを弄《いじ》ったりしているノマドワーカーとおぼしき比較的若い男女。中央の大テーブルには常連らしき年配の男性や中年の女性が多い。四人がけテーブルには老夫婦、打ち合わせをしているサラリーマン、主婦のグループが見受けられた。

仕事をしたり、おしゃべりをしたり、スイーツを食べたり、コーヒーを飲んだり、読書をしたり、書き物をしたり、おのおのが自由に店内を利用しているが、共通しているのはみんなの顔が押し並べてリラックスしていること。

（……うん）

いい店だ。複数のカフェでバイトしたし、客としても相当数の店を利用してきたけど、なかでもここはかなり上位にランクインする。

「どう？」

二階堂に感想を求められ、「いい感じです」と答えた。

「自然体で気持ちのいい大人の店ですよね。間取り自体はすっきりとした四角い箱だけど、自然素材を適材適所に用いて、お客さんにとって居心地のいい空間を作り出している。たまに店主の思い入れが強すぎたり、過度におしゃれすぎたりして、お客さんを選ぶような店がありますけど、ここは店側の主義主張が必要以上に感じられない。かといって、なにも考えてないわけじゃなくて、おそらく、あえてニュートラルであることをコンセプトとしているのではないかと。店内が雑然と散漫にならず、一本筋が通った感じでまとまっているのはそのせいだと思います。そしてだからこそ、いろんな層のお客さんにリーチして、みんなが思い思いに、快適な空間と、そこに流れる時間のなかに身を委《ゆだ》ねることができる。足し算と引き算の兼ね合いがちょうどいい状態って、意図《いと》的に作り出すのは難しいと思うので、この店をディレクションしたひとは、絶妙なバランス感覚の持ち主なんだろうなって思います」

語り出したら止まらなくなってしまった。でも、ついつい熱く語りたくなってしまう店だったのだ。

いかん。またオーナーの前で、偉そうに「上から」批評してしまった。

引かれたかな……と心配になったが、二階堂は特段気分を害した様子もなく、「ふむ」とうなずいた。そのあとでなぜかふっと片頰《ほお》で笑む。

「あの席にしよう」

ぽんと俺の肩を叩き、壁際の四人がけテーブルを指さした。

ふたりで向かい合わせに着席するのと同時に、すっと初老のスタッフが近づいてくる。寸分の乱れもなく撫《な》でつけられた銀の髪と丸眼鏡。ナプキンを腕にかけ、ステンレスの丸盆《トレンチ》を片手で持つ立ち姿は、パリの老舗《しにせ》カフェのギャルソンそのもの。身につけているユニフォームは播磨と同じなのに、着こなしの差は歴然で、とにかくサマになっている。

（うわ、かっこいい……）

俺が見とれているあいだに、初老のホールスタッフは滑らかな動作で、俺と二階堂の前に水入りのタンブラーを置いた。

「桜庭《さくらば》さん、今日のスイーツはなに？」

桜庭と呼ばれた初老男性が、「本日のスイーツは二種類のご用意がございまして、ひとつめがマロンの甘みとグロゼイユの酸味のハーモニーを味わっていただく『マロンとグロゼイユのエクレア』、ふたつめがフランス産のクーベルチュールを使用した『タルト・ショコラ』でございます」と淀《よど》みなく説明する。

「どっちも美味しそうだな。石岡くんはどっちにする？」

「俺はエクレアにします」

「じゃあ、僕はタルト・ショコラ」

ふたり分の注文をオーダーシートに書きつけた桜庭が、「お飲み物はいかがいたしましょう？」と尋《たず》ねた。

「僕はコーヒーにするよ。桜庭さんのスペシャルブレンドで」

「スペシャルブレンドがあるんだ。俺もそれがいいです」

「エクレアとタルト・ショコラ、お飲み物はお二方ともスペシャルで。かしこまりました」

少し枯れた声でオーダーを復唱したのちに軽く一礼し、丸盆《トレンチ》を脇に抱えて立ち去る。オーダーをキッチンに伝えてホールにふたたび戻って来た初老の男を、俺は目で追った。

客席を縫うように滑らかに移動しつつ、空いた食器をバッシングして、タンブラーに水を補充する。客が帰り支度をする気配を素早く察知し、先回りしてキャッシャーに立ち、速やかに会計を済ませて送り出す。直立不動で客を見送り、その姿が見えなくなるや、すぐさまホールにとって返して使用済みのテーブルをリセットする。それら一連の動作にいささかの乱れも無駄もない。

「かっこいいデシャップですね」

無意識のうちに賞賛の声がこぼれ落ちていた。俺の視線を辿《たど》った二階堂が「桜庭さんかい？」と確かめる。

「ここが開店するときにシェフと一緒に移ってきたんだけど、これまでのどこの店でも伝説のデシャップと呼ばれていたらしい」

デシャップというのは、注文を把握《はあく》してキッチンに指示を出す傍ら、キッチンからあがってきた料理がオーダーした客に間違いなく届くようホールスタッフに指示を出す――キッチンとホールの架け橋となる重要なポジションだ。

「俺もバイト先でデシャップ業務を任せられたことがあるんですけど、マネージメント力が試される難しい仕事ですよね。コアタイムに店が回るかどうかは、デシャップの腕次第っていうか」

「まさに現場の要《かなめ》だよね。この店のオーナーは僕だけど、現場に関しては桜庭さんに全幅の信頼を寄せて一任している。播磨くんなんて、桜庭さんを崇拝《すうはい》しきっているよ」

「へえ……」

ご主人様の桜庭に「お手」をされてぶんぶん尻尾を振るスピッツを想像していると、

「お待たせいたしました」というハスキーな声が聞こえた。

噂《うわさ》をすれば影。桜庭がコーヒーとスイーツを運んできて、流れるような美しい手つきでテーブルにサーブしてくれた。

「どうぞごゆっくりおくつろぎください」

丸盆《トレンチ》を脇に挟み、一礼して去って行く。

「石岡くん、桜庭さんのスペシャルブレンドと平良シェフのスイーツ、味わって」

「いただきます」

コーヒーカップを口許《もと》に運んだ俺は、「あ、美味しい」とひとりごちた。

「だよね？」

自分が褒められたみたいに、二階堂が不思議な色の瞳を輝かせる。

「最近、サードウェーブの流れもあってシングルオリジンばかり飲んでいたんですけど、このブレンドは美味しい。もしかしてアフターミックスですか？」

「よくわかったね。そう、焙煎《ばいせん》してから混ぜているんだ」

「手間はかかるけど、やっぱり味に奥行きが出て、複雑なうまみが増しますよね。あ、このエクレア、シューがさくっとしていて香ばしいです。シューのなかのクレーム・パティシエールとマロンペーストの組み合わせがしっかり濃厚な分、コーティングのグロゼイユのピュレの酸味で、口がさわやかになるのがいいなあ」

「タルト・ショコラも、しっとりしたタルト生地とガナッシュが舌の上で一緒に蕩《とろ》ける感じで美味しいよ。ちょっとシェアする？」

「いっすね。じゃあ、俺のもどうぞ」

女子のようにお互いの皿を交換し合い、コーヒーとスイーツのマリアージュを二種類堪能した。

「ところで」

カップをソーサーに置いて、二階堂が切り出してくる。

「二階に部屋が空いているんだけど、石岡くん、入らない？」

突然の誘いに驚き、俺はちょうど口に含んでいた水を噴き出しかけた。紙ナプキンで唇の周りを拭きながら、目の前の顔をまじまじと見つめる。

「ど、どうしたんですか、急に」

「僕的にはけっこう考えた上でのお誘いなんだけど」

「いや……そりゃもちろん、こんな素敵なオフィスに誘ってもらえてうれしいですけど」

だが昨日、入居に際してのハードルの高さを当人から聞かされたばかりだ。

「でもここって、二階堂さんのお眼鏡に適《かな》った人材しか入居できないんですよね？」

まだ戸惑いのほうが勝《まさ》って確認すると、あっさり「そうだよ」と肯定される。

「テストは終了し、きみは合格した」

「テスト？　えっ？　いつ!?」

知らぬ間に自分がテストされていたと聞かされ、ますます泡を食った。

「たったいま」

「って、カフェでお茶しただけっすよね？　そもそも二階堂さんと俺、昨日が初対面ですよ？」

「充分だよ」

二階堂がさらりと肯定する。

「まず昨日、宗方を訪ねるに至るまでの経緯を聞いて、きみがなにごとにも真摯で熱いパッションの持ち主だということがわかった。少し情熱的すぎるくらいだ。それから負けず嫌い。やっと会えた宗方を怒らせてすげなく追い返され、『二度とその面出《つら》すな！』とまで言われたのに、翌日に顔を見せた。しかも自分の仕事を徹夜でポートフォリオにまとめてね」

「徹夜ってどうして？」

「目が赤いし、昨日と同じ服装」

「……すみません。顔は洗ってきたんですけど」

赤面した俺の言い訳は受け流して、二階堂が言葉を続けた。

「そして今日、きみが優れた観察眼を持っていることがわかった」

「観察眼？」

「物事やひとの本質を見極める力。それと、これは過去に多種多様なアルバイトや仕事を体験して培《つちか》ったものなんだろうけど、視野が広くてバランス感覚がいい。多分野にわたる知識を有し、好奇心も旺盛《おうせい》。きみはどちらかというと、専門分野を極めるスペシャリストよりも、複合的な視点を持つジェネラリスト気質だね」

ズバリ指摘されて、ああ……と腑《ふ》に落ちた。確かにそうかもしれない。

「俺、なんでも屋っていうか、器用貧乏なんですよね」

「マルチを強みにするか、器用貧乏で終わるかは、これからのきみ次第じゃないかな。とにかく、きみは宗方に似ている」

「似てますか⁉」

憧れのアイドルに似ていると言われて、俺は舞い上がった。

考えてみたら、〝彼〟を目指して、著書をバイブルにしてきたんだから、ある程度は似て当然かもしれない。

そうはいっても、宗方を一番よく知っているはずの旧友に認められれば、やっぱりうれしい。

「まあね。そんなわけで、僕はきみに可能性を感じていて、うちのシェアオフィスにどうかなって思っているんだけど」

（マジか！）

やっと実感が湧いてきた。

まず第一に、二階堂が自分に可能性を感じてくれていることにテンションが上がる。立て続けにいろいろ失って、自分の存在価値に疑問を抱いていたから、評価されるのは単純にうれしかった。

それに、こんな条件のいい場所に控えめな賃料でオフィスを持てるなんてラッキー、そうそうあることじゃない。まだこれから先の展望は漠然としているけれど、ひとまず、この降って湧いたようなチャンスに乗っかっておくべきなんじゃないか。

ここにオフィスを持てば、宗方との物理的距離が縮まる。近くにいれば、心を通わせるワンチャンあるかも。宗方がオワコンだなんて俺は思ってないし、本を介してじゃなく、宗方本人から学びたいことがいっぱいある。

（よし）

「ありがとうございます！　有り難くその申し出受けさせて……」

「ただし」

前のめりになった俺の顔の前に、二階堂が指を立てた。

「入室には条件がある」

――条件。

不穏な響きに、ダダ上がりだったテンションがすーっと下がる。俺は、浮かせていた尻を座面に戻した。

条件はクリアしたんじゃないのか？

さらにもっと？　ただしイケメンに限るみたいなやつ？　それとも、俺だけ例外的に法外な賃料をふっかけられるとか？

ごくっと唾《つば》を飲んで、俺は言葉の続きを待った。

「きみが宗方の弟子になること」

思いも寄らない右斜め四十五度からの条件付けに、ぽかんと口を開ける。しばらく、ぼーっと二階堂の顔を眺めていたが、はっと我に返り、「弟子⁉」と叫んだ。

「宗方さんの弟子ですか⁉」

「そう。あいつに弟子入りすることが条件」

物理的距離を縮めるのと、弟子入りはぜんぜん話が違う。同じシェアオフィスに入るのは俺の自由だけど、弟子入りとなれば、向こうが受け入れることが必要条件となる。

「むっ……そんなの無理ですよ！　俺、嫌われているし！」

「だったら、この話はナシだ」

あっさり話を打ち切るなり、二階堂は椅子を引いた。

「楽しい時間だった。ここは僕がご馳走《ちそう》するから気にしないで」

そう言ってにっこり微笑《ほほえ》む。俺はあわてて席を立ち、歩き去ろうとする男の名を呼んだ。

「二階堂さんっ」

男が足を止めて振り返る。

「なに？」

不思議な色の瞳にまっすぐ射すくめられた刹那《せつな》、どうして呼び止めたのか、わからなくなった。

「あの……えっと……」

言葉に詰まり、しどろもどろになる俺を二階堂は黙って見つめていたが、不意に「そうだ」と、なにかを思い出したような声を出す。

「言い忘れていたけど、この店の立ち上げからクリエイティブディレクターとしてかかわり、いまの形に造り上げたのは宗方だよ」

「えっ……」

「はからずも、宗方の最後の仕事になった」

「……最後の」

二階堂が静かに「いまのところはね」と付け足した。

「………」

呼び止めておいてまともに会話を成立させられない俺を咎《とが》めることなく、カフェのオーナーが穏やかな笑みを浮かべる。

「僕は戻るけど、きみはもう少しここでゆっくりしていくといい」

片手で押し留めるようなジェスチャーをしてから、今度こそ男は振り返らずに歩き去った。

「いらっしゃいませ！」

二枚扉のうち、片側の真鍮《しんちゅう》のドアレバーを引いて店内に足を踏み入れると、さっと寄ってきた播磨が、俺の顔を見て「なんだ、アンタか」とテンション低めにつぶやく。

「なにがっかりしてんだ。俺はれっきとした客だぞ？」

「だって毎日毎日さー。よく通うよな。そんなに気に入ったのかよ？」

「気に入ってるよ。桜庭さんのスペブレ最高」

「永礼《ながれ》さんのブレンドはエモい」

桜庭ファンを自認する播磨が、同意の印に親指を立てる。ちなみに永礼というのは桜庭さんの下の名前だ。名前まで渋いとか反則。

「いらっしゃいませ、石岡さん」

常連客に隠れファンを多数持つ〝伝説のデシャップ〟が、俺に気がついて声をかけてくれた。

（名前で呼ばれた！）

ひそかに舞い上がっていると、播磨が「名前、覚えられたじゃん」と小声で囁く。

「常連認定されたな」

「おう」

播磨を真似て親指を立てた。そのあいだに桜庭が距離を詰めてきて、「いつものお席でよろしいですか?」と尋ねる。

「はい」

案内に従ってフロアを横切り、いつもの壁際の四人がけテーブルに腰を下ろした。この席がどこよりも、店内をまんべんなく見渡せるのだ。四人用のテーブルをひとりで使うことになるが、比較的席に余裕があるこの時間帯ならば問題はない。

冷やタンを俺の前に置いた桜庭に、決め打ちのオーダーを告げた。

「スペシャルブレンドください」

「スペシャルブレンドおひとつ。かしこまりました」

桜庭が立ち去るやいなや、タンブラーの水をごくごく飲む。自宅からここまで歩いてきたので喉が渇いていた。

(美味しい)

たまにグラスがにおって水がまずいカフェがあるが、ここは普通に美味しい。食洗機に頼らず、においがつきやすいグラス類を手洗いして、乾燥まできちんと管理している証拠だ。

さすが伝説のデシャップの目が行き届いている。

バイトを含めた最小限のスタッフで、昼と夜のピークを破綻《はたん》なく回せているのも、彼の卓越したマネージメント力があってこそ。この一週間で、俺もすっかりファンになってしまった。

飲み干した空のタンブラーを置き、店内をぐるりと見回す。

（まだ来てない）

バックポケットからスマホを取り出して時間を確かめた。十六時五十分。

立ち寄るつもりだった書店が臨時休業していたせいで、いつもより早く着いてしまった。

ティータイムからディナータイムに切り替わるまでの一時間——客足が途切れるアイドルタイムだけあって、店内の入りは三割弱といったところ。

カウンター席にもひとりしか座っていないので、ガラス窓越しに、夕暮れ時の目黒《めぐろ》川沿道の景色がよく見渡せた。

桜庭がサーブしてくれたスペブレを味わいながら、オシャレバイクで走るナカメ女子、夕刻になると増えるランナー、犬の散歩途中の老夫婦、部活帰りの中学生、レジ袋を提《さ》げた主婦——などが店の前を通り過ぎていくのを眺める。

こだわりのセレクトショップやこじゃれた飲食店が連なり、週末ともなればナカメグルメ目当ての客で賑わう一方で、豊かな自然に恵まれ、地元住民の憩いの場でもあるリバーサイド。その沿道の一角に建つのが、通称「リバーエッジハウス」だ。

三階建て洋風建築のグランドフロアに、『Riveredge《リバーエッジ》 Cafe《カフェ》』はある。

絶品のコーヒーとシェフこだわりのスイーツが味わえるこのカフェに俺が通い始めて、今日で一週間。

初回こそオーナーの二階堂とふたりで入り、彼にご馳走してもらったが、翌日からは単独で訪れて一時間ほどを店内で過ごしている。当初、入店時間はまちまちだったが、三日目から、アイドルタイムが始まる十七時前を狙うようになった。

この時間帯に、シェアオフィスの住人が二階から下りてくることを知ったからだ。といっても、示し合わせているわけではないらしく、バラバラに下りてくる。だいたい同じ時間帯に居合わせているのに、一緒の席に着くことはなく、各自がそれぞれの指定席で思い思いのブレイクタイムを過ごしているようだ。ちなみにアイドルタイムに来るのは、暇な時間に客になればカフェは助かるし、自分たちも必ず指定席に座れるしで、お互いWin-Win《ウィンウィン》だからではないかと推測。

俺が認識できる二階のメンバーは、いまのところ、スカシ眼鏡とビクビクお団子女子だけだ。ちなみにスカシ眼鏡は相変わらず無愛想で「話しかけるな」オーラをびしびし出しており、ビクビクお団子女子はうっかり俺と目が合った場合でも、すぐに視線を逸《そ》らす。俺がよそ者だから冷たいのかと思ったが、ふたりのあいだにも会話はない。どうやらシェアオフィスの住人間でも、相互コミュニケーションは皆無のようだ。

そして彼らは毎日下りてくるわけではない。今日もいつもの定位置にふたりの姿はなかった。無職の俺と違って彼らには仕事があるから、毎日決まった時間に来られないのも道理だ。

だが、例外がひとり。

(そろそろか?)

スマホのホーム画面に【17：00】という数字が表示されるのと同時に、エントランスのドアがギィーと開いた。

(来た!)

男はいまのところ毎日、十七時ぴったりにカフェに下りてきている。どうやらコーヒー中毒らしい。それも、桜庭さんが淹《い》れるスペブレ中毒。気持ちはわかる。俺もそうなりつつあるから。なお、ほかの二名と異なり、自由時間がたっぷりあるので日参できるのだと思われる。

その法則に気がついてから、俺は五時前にはカフェの指定席に陣取って、男の来店を待つようになった。

「いらっしゃいませ、宗方さん」

待ち構えていたかのようなタイミングで桜庭が出迎える。常連中の常連だし、このカフェの産みの親と言っていい存在だから、歓待するのも当然だろう。

店内に入ってきた宗方は、今日もカーキのＭＡ‐１ジャンパーに黒のセットアップ、足許は編み上げ靴という出で立ち。このまま寝起きしているんじゃないかと疑いたくなるくらいに、いつ見ても同じ格好だ。無精髭と寝癖もフィックス。

「ブレンドひとつ」

「かしこまりました」

オーダーを受けて桜庭が厨房へ向かい、播磨が先回りして大テーブルの指定席に冷やタンを置く。大テーブルに歩み寄る途中で俺に気がついた宗方がいやそうな顔をするまでの一連の流れが、もはやルーティン化してきた。

「おまえ……また来てんのか」

呆《あき》れたような声に、すかさず言い返す。

「承諾いただけるまで何度でも来ます」

二階堂にシェアオフィス入居と引き替えの条件を提示された日の夜――自宅に戻った俺は、一晩かけて真剣に考えた。

二階堂の条件含め、身の処し方はいったん脇に置いて、とりあえず、この先どうしたいのかを紙に書き出してみた。

ものを作るのは好きだ。もの作りには一生かかわっていきたい。

この先もクリエイターであり続けたい。ここはぶれちゃいけない骨幹。

でも、カタログやパンフ、チラシ、新聞・雑誌広告などの紙媒体は、この五年でいやってほど作ったから、次は机の上やPCのデスクトップで完結するようなものじゃなくて、もう少し大きなものに携《たずさ》わりたい。

会社では基礎だけ教えてもらって、あとは放置された。ぼっち部署みたいなポジションで、ずっとワンオペでやってきた。

だから、今度は誰かと組んで、外から刺激を受けたい。

できれば、自分のなかの新しい抽斗《ひきだし》を開けてくれるひとと仕事がしたい。

それは誰なのかと自分に問えば、いまのところ、具体的に頭に浮かぶのはひとりだけだ。

自分の望みがうっすら見えてきたのは明け方。

（そっか……そういうことか）

　もやもやしていた胸のうちがすっきりしたので、そのあと一眠りした俺は、三度《みたび》リバーエッジハウスを訪れた。迷わず三階まで上がって、二階堂が見ている前で、宗方に頭を下げた。

「お願いします。弟子にしてください！」

「てめえ、ふざけてんのか？」

　いまにも殺されそうな顔つきで拒否られた。

　二度と来んなと追い返され、前回はすごくへこんだが、今回はめげなかった。どんなに邪険にされても、露骨にいやな顔をされても、リバーエッジハウスに通い続ける。運よく顔を合わせることができたら、「弟子にしてください」と繰り返し頼み込んだ。土下座する勢いで懇願した。

　そうすることでしか、俺の本気をわかってもらえないと思った。

　宗方の過去になにがあったのかは知らない。きっと俺なんかには想像もつかない、深刻な挫折だったんだろう。

　でもそれを理由に、いつまでも立ち止まっていちゃいけないと思う。

　なぜって、待っているひとがいるから。

少なくとも俺は、無期限で開店休業状態の宗方を復活させたいと願っているひとを三人知っている。

二階堂と教授、そして俺だ。

「おまえはなんなんだ？　ストーカーなのか？」

宗方が不快そうに顔を歪《ゆが》める。こんなにひとに疎《うと》まれることって、普通に生きていたらあんまりないよな。

じわっと落ち込みそうになるのをぐっと堪《こら》え、もはや何十回目なのか自分でもわからない言葉を口にしかけた。

「ですから、弟子に……」

「おまえはばかなのか」

被せるように、宗方が言い放つ。

「遠回しに言ってもわからないようだから、今日ははっきり言ってやる。俺は見てのとおり無職だ。その俺が弟子を雇えるわけねーだろ」

いつもは問答無用で追い払われるのに、今日は一歩踏み込んだ拒絶がきた。手応《ごた》えを感じた俺は、席を立って宗方の前に進み出る。

「いま無職とおっしゃいましたが、俺には積極的に働きかけた結果の無職ではなく、むしろ意図的に無職を選んでいるように見えます」

「なに？」

「宗方さんほどの実績と実力があれば、探せば仕事はあるはずです。無職なのは、そういった努力を怠《おこた》り、現況に甘んじているからではありませんか？」

宗方の大きな体から怒りのオーラが立ち上る。眦を吊り上げて黒い瞳をぎらつかせ、俺に詰め寄ってきた。

「てめえっ」

「言えてるね」

一触即発の物騒な空気を、聞き覚えのある声がすぱっと断ち切る。声の発信源を辿って、奥の席で広げられた英字新聞に行き当たった。

広げていた英字新聞をバサリと折り畳み、三つ揃いのスーツの男が立ち上がる。

「二階堂……いたのか」

宗方が不意打ちを食らったような表情を浮かべた。俺もその存在にまったく気がついていなかった。

畳んだ英字新聞をテーブルに置き、二階堂がコツコツと近づいてくる。宗方の前で足を止めて腕を組んだ。

「僕が仕事を振っても、なんやかやと理屈を捏《こ》ねては断ってばかりだ。きみさえその気になってくれたら、やってもらいたい仕事は山ほどあるのに。そうすれば、数年来未払いの賃料も返済できる。違うかい？」

痛いところを突かれたのか、宗方が顔をしかめ、ぼりぼりと顎《あご》を掻《か》く。

（お友達価格の賃料すら未払いなのか）

出世払いのつもりで二階堂も目を瞑《つむ》ってきたんだろうが、さすがに何年も払っていないのは、宗方が甘えすぎだ。

「このあいだやっと引き受けてくれた仕事も、取りかかっているようにはまるで見えないけれど、どうなっているのか知りたいね。先方さんから何度も進捗《しんちょく》状況を質《ただ》されて、僕もこれ以上理由を作って引き延ばすのは限界……」

「あー、わかった！　わかった！」

宗方が両手を広げ、うるさそうに二階堂の訴えを遮《さえぎ》った。渋面を作り、しばらくぼさぼさの髪をわしゃわしゃと掻き混ぜていたが、ふと、手を止めて俺を見る。その目が、妙案を思いついた子供のようにキランと輝いた。

「おまえ、本気で俺の弟子になりたいのか？」

いままでずっと冗談だと思っていたのかと、ややむくれつつも、「なりたいです」と即答する。

「だったらテストを受けろ」

「テスト？」

「おまえに課題を出す。それをクリアできたら弟子にしてやる」

「おい、宗方……まさか」

思い当たる節があるらしい二階堂が眉をひそめた。だが宗方は、友人の懸念の声には耳を貸さずに俺に選択を迫る。

「どうだ？　やるか？」

手のひら返しも甚《はなは》だしく、突如積極的になった男を、俺はうろんげに見た。

「…………」

どうやら二階堂に振られている仕事とやらを、こっちに丸投げするつもりのようだ。テストなんて言っているが、体《てい》のいい厄介《やっかい》払いの口実にしようという魂胆《こんたん》だろう。

宗方の腹は読めたが、半面、これはチャンスでもある。

（よっしゃ、受けて立つぜ。絶対にこのチャンスものにしてみせる）

「やります！」

俺の返答に宗方がにっと笑った。テレビ以外で宗方の笑っている顔を初めて見たが、むさ苦しい人相のせいか、悪巧《だく》みしているようにしか思えない。

「宗方、いきなり任せて大丈夫なのか」

不安そうな二階堂を「大丈夫だって」と軽く一蹴《いっしゅう》し、宗方はいい加減に請け負った。

「ちゃんとこの俺が監督するから安心しろ」

room [5]

「石岡哲太《いしおかてつた》です。えっと、ついこのあいだまで広告代理店に勤めていました。会社員時代は、主に不動産関係のカタログとかパンフ、新聞広告なんかを作っていました。小さい会社だったんでひとりでクライアントを担当していて、WEB《ウェブ》関連もブランディングも、なんなら営業的なあれこれもやって……自分でもなにが専門かわからなくなってますけど……とりあえず、わりとなんでもやりますってことで。あ、二十七歳です」

俺の自己紹介に、これといった反応はなし。

（ふお……ノーリアクション）

変な汗をかいた。だから一番手はいやだったんだよ……。

「次、小寺《こでら》くん」

二階堂《にかいどう》に促《うなが》されたスカシ眼鏡が、親指と薬指でくいっと眼鏡を持ち上げてから、無表情に告げる。

「小寺杢《もく》です。インテリアデザイナーです。二十七歳」

（そんだけ⁉）

思わずツッコミたくなるのをぐっと堪《こら》えた。……まあ、自己紹介といっても、あらかじめ二階堂から職種と名前は知らされていたし、形式的なものではあるけれど。

その二階堂もさすがに、当人から開示された情報が少なすぎると思ったのか、「小寺くんには、一階のカフェの図面を引いてもらったんだよね」と付け足す。

「へえ……」

俺が声を出すと、隣のスカシ眼鏡こと小寺――同じ歳《とし》だし杢でいっか――が、眼鏡のレンズ越しに、なにか文句でも？　と言いたげな視線を寄越した。先端が尖っていて、額にトスッと刺さりそうな氷の眼差《まなざ》し。

前からカフェの内装かっこいいな、誰がやったんだろうって思っていたから、すごいじゃんって意味の「へえ……」だったんだけど、すげー塩対応。

（こいつとはうまくいく予感がしない……）

向こうもそう思っているのか、すっと目を逸《そ》らされた。

「次は、笠井《かさい》さん」

俺と杢のあいだに流れる冷たい空気に気がついているのかいないのか、二階堂がなにごともなかったかのように指名した。名指しされたお団子女子が、杢の横でビクッと肩を揺らす。

俺を含め、その場のメンバーの注目が自分に集まっていることを認識したらしい白くて小さな顔が、一瞬でカーッと赤く染まった。男性恐怖症と聞いていたが、あがり症でもあるのか？

「か、かさい………」

ぱくぱくと口を開閉して、なんとか声を絞り出したものの、そこでじわじわと俯《うつむ》いて項《うな》垂《だ》れてしまう。声も途切れたまま、聞こえなくなった。

「あー……緊張するよね。男性ばかりのなかに紅一点だし。僕が代わりに紹介するね。料理研究家の笠井千奈美《ちなみ》さん。年齢は確か……」

「……二十七です」

消え入りそうな声が答える。

「ほう、偶然だね。三人とも二十七歳か」

サビィを膝《ひざ》に抱いた二階堂が感慨《かんがい》深げにつぶやき、俺もほうって思った。見た目や雰囲気から同年代だと推測していたけど、ぴったり同じ年齢だとは思わなかった。てか、正直、お団子女子は年下かと……。

「ラスト」

二階堂に視線を投げかけられた相手が、笠井――彼女も同じ歳とわかったので、心のなかでは千奈美と呼ぶ――の横でむっつりと「宗方研吾《むなかたけんご》だ」と告げる。

「それだけか？」

正面の友人に確認された宗方が「悪いかよ？」と逆ギレした。今日はめずらしくスウェットの上下にジャンパーではなく、身ぎれいにしている。白シャツに黒のジャケット、黒のボトム。ネクタイこそ締めていないが、靴も革靴だ。

部屋着以外の服を持っていたことにも驚くが、なによりびっくりしたのは髭《ひげ》を剃《そ》って、髪も撫《な》でつけてあることだ。寝癖がついてない！

まともな服装の宗方を見ると、テレビに出ていた頃を思い出して胸熱……。

「いまさら自己紹介とか、逆に気まずいだろーが」

だが本人はいたくご機嫌斜めだった。さっき二階堂からこっそり聞いた話だと、髭を剃らせてシャツを着させるまでに一悶着《もんちゃく》あったらしい。いつもの格好でいいと言い張る宗方を説き伏せるのに、かなり手こずったようだ。って、いやいや期の子どもかよ？

「石岡は俺のストーカーだし、ほかのふたりもそれなりに長いつきあいだ。大体のことはわかってんだろ？」

「一度だけ一階のカフェの仕事で組んで……それ以降はまったく交流ありませんでしたけどね」

　杢がクールに答えた。

「え？　そうなの？」

「顔を合わせたら挨拶《あいさつ》くらいはするけど」

　俺の質問に杢が肩をすくめる。

（そういやそうか）

　実際、俺が一階のカフェで宗方待ちをしていた一週間も、二階から下りてきた宗方と杢がコミュニケーションを図《はか》っている様子は見受けられなかった。むしろ、互いを避け合っているような気配すら感じた。

　宗方と杢がその程度のつきあいなら、いわんや千奈美は〝お祭し〟だろう。

（てか……このメンツで大丈夫なのか？）

　かすかな不安を覚える俺を後目《しりめ》に、司会進行役の二階堂が、「じゃあ、以上で自己紹介は終了」とメンバー紹介を切り上げる。

「今日はみんな忙しいところ、キックオフミーティングに参加してくれてありがとう。いまここに集まっている四名で、カフェの立ち上げをやってもらうことになります。クライアントは、僕の父の知人のご夫婦です。もともとは宗方に依頼してあった案件だったんだけど、紆余曲折《うよきょくせつ》あって、このチームで進めてもらうことになりました」

二階堂の説明を補足するとこうだ。

そもそものことの始まりは、シェアオフィスの大家である二階堂が、未払い家賃の代償《だいしょう》として宗方に仕事を依頼したことに端を発する。おそらく二階堂としては、仕事もせずにパチ屋通いしている友人の行く末を案じ、再起のきっかけになればと思ったんだろう。だが宗方は、引き受けておきながら手をつけず、のらりくらりと逃げ続けた。恩を仇《あだ》で返す男に、さすがの二階堂も堪忍袋の緒《お》が切れかかり——。

——このあいだやっと引き受けてくれた仕事も、取りかかっているようにはまるで見えないけれど、どうなっているのか知りたいね。先方さんから何度も進捗《しんちょく》状況を質《ただ》されて、僕もこれ以上理由を作って引き延ばすのは限界……。

追い詰められた宗方が、苦し紛《まぎ》れに「弟子志願」の俺に目をつけた。

——おまえに課題を出す。それをクリアできたら弟子にしてやる。

課題だ、テストだなどと体裁を取り繕《つくろ》っているが、要は二階堂に頼まれた案件を下請けである俺に丸投げしたい魂胆《こんたん》がみえみえだ。

宗方の腹のなかを承知の上で、俺は彼の無茶振りを受けて立った。

──やります！

この際、どんなチャンスでも摑《つか》みたかったからだ。このチャンスをものにすれば、宗方の弟子になれる。さらに二階に部屋を持てる。俺的には一挙両得だ。

宗方は俺に丸投げして自分は逃げる気満々だったようだが、そこは二階堂も長いつきあいで旧友の性格を知り尽くしている。防御策として条件をつけてきた。

俺に仕事を振るにあたり、シェアオフィスの住人である杢と千奈美を加えてチームを組ませること。

そのチームを宗方がクリエイティブディレクターとして監督すること。

──大丈夫だって。ちゃんとこの俺が監督するから安心しろ。

うっかり安請け合いをしてしまった手前、宗方も逃げられなくなり、ぶすっと腕組みをしつつも、この場に同席しているわけだ。

二階堂が杢と千奈美をカフェプロジェクトに参加させたのは、たぶん、彼らの仕事ぶりを評価しているからだろう。亡くなったお父さんの知人から頼まれた案件を、俺に一任するのはやはり心許《こころもと》なかったのだと思われる（二階堂とは知り合って日も浅いし、実際に俺の仕事を見たわけではないので、それも当然だ）。

一方の杢と千奈美は、大家のたっての頼みを断りづらかったようだ。とはいえ、積極的にやりたいわけでもなさそうなのは、今日の顔合わせでうっすら伝わってきた。思うに、同じシェアオフィスの住人と仕事で組むのが面倒なのかもしれない。

物理的距離が近い分、揉《も》めた際に厄介《やっかい》だから？

（その気持ちもわかる）

ただし俺自身は——メンツはさておき——チームでの仕事にわくわくしていた。

会社員時代、孤独なワンオペが長かったから、ひとつの仕事にチームで取り組むことに憧れがあって……。

「六時か。そろそろ約束の時間だな」

腕時計に目をやった二階堂がつぶやいたとき、キンコーンとチャイムが鳴った。外階段に直通している玄関のチャイムだ。サビィが呼応するように「ナー」と鳴き、二階堂の膝からトンッと下りる。

「いらしたようだ」

今日はこれから、二階堂の部屋の主室にて、クライアントを交えてのキックオフミーティングが行われるのだ。

ソファから立ち上がった二階堂が、玄関まで来客を迎えに出る。

「おひさしぶりです。外は寒くなかったですか？」

「車で来ましたから」

「それはよかった。どうぞお入りください。奥様も」

「お邪魔します」

やりとりが聞こえてきてほどなく、二階堂が品のいいご夫婦を案内してきた。事前に得ていた情報によれば、ご主人は大手商社で要職に就くエリート商社マン。事前情報を裏付けるように、オーダーメイドとおぼしき高級スーツに身を包み、カシミヤのコートを腕にかけている。頭髪こそ白いものが交じっているものの、顔の色艶《いろつや》がよく、体形も若々しく、とても還暦には見えなかった。

奥さんのほうはご主人と八歳離れているという話だったから、五十代頭のはずだが、こちらもそうは見えない。和服が似合いそうなうりざね顔の美人だ。口許に奥ゆかしい笑みを浮かべて、ダンディなご主人の後ろにひっそりと佇《たたず》んでいる。

「おお、暖炉はさすがに暖かいですな」

「コートをお預かりします」

二階堂が夫妻からそれぞれコートを預かった。その後、椅子から立ち上がった俺たちに、クライアントを紹介する。

「小鳥遊《たかなし》さんご夫妻です」

「はじめまして、小鳥遊です」

ご主人がそう言って、スーツの胸元から名刺入れを取り出した。名刺交換が始まったが、宗方は「ただいま名刺を切らしておりまして」と断りを入れ、受け取るだけにとどめる。俺は例によって自作のネームカードを差し出した。

「どうぞ、こちらにおかけください」

ひととおり名刺交換が済んだ頃合いを見て、二階堂が小鳥遊夫妻にソファを勧める。ご夫婦が並びで腰を下ろし、少し空けて二階堂が腰掛けた。三人が座るソファと、ローテーブルを挟んで向かい合う形で、俺、杢、千奈美、宗方の順番で肘《ひじ》掛け椅子に腰を下ろす。

と、そこで今度はコンコンコンとノックが響いた。いつも俺が使っている内階段のドアだ。

「桜庭《さくらば》です」

「待っていたよ」

「失礼いたします」

二階堂が時間指定で頼んでおいた人数分のコーヒーを、桜庭と播磨《はりま》が一階からデリバリーしてきた。オーナー専用ルートの鍵のスペアを、こういうときのために、桜庭に預けてあるらしい。ローテーブルにコーヒーをセットしたふたりが立ち去り、一同がスペブレで一息ついたのを見計らって、二階堂が口を開いた。

「すでに概要は説明済みですが、改めて僕の口から――。小鳥遊さんご夫妻は第二の人生を見据えて、カフェの経営を考えていらっしゃいます。ご主人が僕の父と旧知の仲であったこと、また僕自身がカフェを経営していることもあって、ご相談をいただきました」

二階堂の前振りを、小鳥遊氏が引き取る。

「今年の三月いっぱいでリタイア予定なのですが、かねてより、老後はカフェのマスターをやるのが夢でした。妻も賛同してくれています。ただなにぶん素人《しろうと》でして……。飲食店はとにかく一にも二にも立地だと聞いて、思い出したのが二階堂さんでした。ご存じのように二階堂ハウジングの代表でいらっしゃる上に、ご本人がカフェのオーナーでもある。ご相談するのにこれ以上の適任者はいないと思い、ご連絡を差し上げた次第です」

「小鳥遊さんにご相談いただいたので、弊社《へいしゃ》のコンサルティング担当者にお引き合わせをし、同時に物件を探し始めたところ、先月、ちょうどいい間取りの店舗物件に空きが出たんだ。立地的にも中目黒《なかめぐろ》の駅に近く、大通りにも面していて申し分ない。小鳥遊さんにも足を運んでいただき、気に入っていただけた。この物件はすでに仮押さえしてある」

二階堂がローテーブルの上に、仮押さえした物件の資料を広げた。中目黒の駅に近い一等地で、確かにこれ以上はない立地だった。間取りも、充分な広さがある。

「駅の高架下も開発されて、ここ最近全国的に注目度が高く、外部からの来訪者も増えていますしね」

眼鏡を押し上げた杢が淡々と告げる。

そうなのだ。もともと中目黒は若者の夜遊び＆デートスポットとして人気のエリアだったが、近年さらに注目度が上がっている。でもきっとその分、地価の上昇に伴《ともな》い、賃料も上がっているはずで……。

俺たちの言葉にできない杞憂《きゆう》を察したのか、小鳥遊氏が「予算につきましては」と切り出す。

「退職金のほかに蓄《たくわ》えてきた準備金もありますから、ご心配には及びません。カフェ運営は長年の夢ですので、予算面で妥協したくない。できる限り、理想の実現を目指したいと思っています」

要は、予算の上限は気にしなくていいということだ。実際、高額賃料の物件を仮押さえしているのだから、準備金は潤沢《じゅんたく》なのだろう。

（おお……すげー）

八十年代後半には、日本にもバブルというものが起こり、広告や販促に湯水のように金を使った時代があったらしいが、そんな景気のいい話は遠い過去の伝説となって久しい。

俺が社会人になってからは、どんな仕事に際してもタイトな予算が前提であり、「できるだけコストがかからないよう知恵を絞れ」が至上命令だった。本当はこうするのがベストだとわかっていても、予算との兼ね合いで一段も二段も質が下がる選択をせざるを得ないのが通常で、クリエイターとしてのフラストレーションは溜まり続ける一方だったのだ。

それが、予算面で妥協しなくていいってマジか？

クライアントの夢のような申し出に、俄然《がぜん》テンションが上がった。

「そろそろ具体的な話し合いに移行しましょう。誰が司会をやる？」

二階堂の問いかけに、宗方が「石岡、おまえがやれ」と振ってくる。

「俺の仕切りでいいんですか？」

「かまわない」

二階堂も首肯したので、「了解です」と応じた。

「では、まずオーナーにうかがいたいのですが、このたびご自分のカフェを運営するにあたって、どのようなお店作りを目指すのか。具体的なビジョンをお持ちでしたら、お聞かせいただけますか」

これは本当に大切なことだ。

宗方にこの仕事を振られてから今日のミーティングまでのあいだに、俺なりにカフェ立ち上げのノウハウを勉強した。大学時代、複数のカフェにバイトで入って、スタッフとしての現場はわかっていても、経営者の立場に立ったことはないし、一からプロデュースに携《たずさ》わるのも今回が初めてだ。知識はあるに越したことはないと思い、本も数冊読んだ。

その結果、カフェの立ち上げにおいて、なにより重要なのはコンセプトだと知った。

一口にカフェと言っても、コーヒー専門店からはじまり、古民家カフェ、甘味系カフェ、エスニックカフェなどの王道路線に加え、変化球のブックカフェ、ドッグカフェ、スポーツカフェまで含めれば、実に多種多様な業態がある。

各業態によって、店で出すメニューも異なってくる。

メニューが決まらないと、外装や内装が決められない。なにを作るかで必要な厨房《ちゅうぼう》機器が異なるし、それらの機器や什器《じゅうき》を収納するキッチンの間取りや動線もおのずと変わるからだ。キッチンの間取りが決まらなければ、必然的にホールのレイアウトも決められない。

なので、まずはこの質問を投げかけたのだが。

「私は商社勤めという仕事柄、若い頃から欧米の各国に赴任してきました。そのおかげで、わりと早い時期からスローフードのムーブメントや自然食のブームに触れてまいりました。

駐在生活を共にした妻も少なからず影響を受け、現在でも料理する際の食材は精査して、産地などにも気を配っています。私が経営するカフェでも、お客さんが安心してドリンクやフードを口にできる、オーガニック素材を取り扱いたいと思っています」

カチカチ、カチャカチャ、カチッカチカチカチッ。

杢が手許のノートＰＣのキーボードを、おそろしい速度でタイピングしていく。俺には逆立ちしても敵《かな》わない速さだったので、書記係はこいつに任せることにした。

「つまり、オーガニックカフェを目指すということでよろしいですか？」

俺の確認に、小鳥遊氏が「はい」と答える。

「笠井さん、オーガニックどう？」

名前を呼ばれた千奈美が、ビクッと肩を震わせた。いきなりでまずかったか？　と不安になったが、そこは曲がりなりにもプロの料理研究家。表情はやや強《こわ》ばっていたものの、

「有機野菜や玄米を使ったヘルシー志向のフードやドリンクは、いま女性を中心にとても人気があります」と返答を寄越した。

「ただ定義として、マクロビやビーガンまでいくと、魚や肉、卵、乳製品などの使用がＮＧとなり、ドリンクもノンカフェインになりますので、メニューにかなりの制約が出てきます」

はじめは、どこかおどおどしていたが、話しているうちにしゃべり口調が流暢《りゅうちょう》になってきた。顔つきもいつの間にかプロのそれに。

「ああ、確かにそうですね」

「そこまでのストイックさは求めていらっしゃらない?」

ちゃんと線引きを確かめている。グッジョブ。大事なことだ。

「ええ、そこまでは望んでいません」

どうやら〝ライトなヘルシー志向〟ということのようだ。

「もうひとつ確認ですが、実際に厨房に立つのはどなたになりますか?」

「調理師の資格を持ったスタッフを雇う予定です。私と妻は運営とホール業務を担当しようかと思っています」

「キッチン専門の経験者を雇うということですね。わかりました。――ここ最近の傾向として、ドリンクでしたらジュースクレンズダイエットなどでも注目の、スロージューサーを使ったロージュースとスムージーが人気です。フードですと、野菜をたっぷり取り入れた雑穀どんぶりのブッダボウルが注目度が高いです」

「おお、それはいいですね! ぜひうちのカフェに取り入れたい」

小鳥遊氏が目を輝かせた。外見と違《たが》わず内面も若々しく、流行に敏感で、好奇心旺盛《おうせい》らしい。

「はい、ではそのあたりのトレンドも押さえつつ、主要メニューを考案して、後日ご提案させていただきます」

千奈美が言葉を切るのを待って、入れ替わりで杢が口を開いた。

「お店の外観や内装についてですが、こちらからご提案するにも、相互間の認識に齟齬《そご》があるようでは、時間と労力の無駄になります。極力無駄を省くために、小鳥遊さんが気に入っている店舗や、好みのインテリアを前もってお聞かせいただけると助かります。別にカフェそのものでなくても、好きなブランドやアート、雑誌など、ジャンルを問わず、どんどん挙げていただいてけっこうです。どういった傾向のものがお好きなのかをざっくり摑みたいので」

「海外ですが、雰囲気が気に入っている店が数件あって……確か写真を撮ったな」

小鳥遊氏がスマホを取り出し、写真を呼び出した。俺も覗《のぞ》かせてもらったが、ソリッドでスタイリッシュな外観の店が多かった。

「なるほど。具体的で非常にありがたいです。参考にしたいので、いまここでデータを送ってもらっていいですか？」

「もちろん」

杢がスマホを取り出し、小鳥遊氏が送信した写真データを受け取る。俺もあとでシェアさせてもらおう。

千奈美と杢の質問タイムが終了し、ふたたび俺に順番が回ってきた。

「あとですね、重要なのは店名です。店名はお店の顔ですから、できれば小鳥遊さんご自身が命名するのが好ましいかと思いますが、名前の候補とかありますか？」

「いや、ぜんぜん。考えてはいるんですけど、なかなかこれといったものを思いつかないんですよね」

「そうですか。もしどうしても思いつかない場合は、こちらからご提案することも可能ですが、その際、いくつか叩き台となるようなキーワードをいただけると助かります。それについては追ってご相談ということでよろしいでしょうか」

「わかりました。それでけっこうです」

（これで今日の段階で押さえておくべき事項は網羅《もうら》できたか？）

取り零《こぼ》しはないかを再確認していて、ふと思い当たる。そういえば、一方的にご主人にばかり話を聞いていたが、奥さんもホールに立つわけで——。

質問の相手が偏《かたよ》っていたことに気がついた俺は、小鳥遊夫人に視線を向けて尋《たず》ねた。

「あの、これまでのところで、なにか気になることやご意見はありませんか？」

「私からは特に……」

「こうしたいとか、こうはしたくないとか、なにか希望があったら、この場で皆さんにお伝えするといいよ。きみも共同経営者なんだから」

ご主人に促されても、奥さんは小さく首を振り、「本当にないのよ」と繰り返す。

「私と主人には子どもがおりませんので、カフェは私たちの子どものようなものです」

俺たちに語りかけるようにそう告げてから、傍《かたわ》らのご主人を見た。

「私はあなたと一緒にカフェを育てていくことができたら、もうそれだけで充分……」

「ありがとう。こうして夢を実現できるのも、きみのサポートのおかげだ」

感慨深い面持ちの小鳥遊氏が感謝の言葉を口にして、奥さんが幸せそうに微笑《ほほえ》んだ。

なんというか、夫唱婦随《ふしょうふずい》を絵に描いたようなご夫婦だ。

昨今は、女性のほうが実権を握る夫婦も多いと聞くけれど、小鳥遊夫妻に限ってはそうではないらしい。

（……いいな）

別に、どっちが上とか下とか決めつける必要はないし、個人的にはそのときそのときでパワーバランスがうまく取れていればいいと思う。俺自身、俺について来い！　なんてタイプじゃないし。

ただ小鳥遊夫妻の、お互いを尊重し合っている雰囲気はすごくいいと思った。

パートナーの夢をもうひとりがしっかりと支え、支えられているほうもきちんと感謝の気持ちを伝えて、第二の人生を一緒に生きていく。

彼女すらいない俺には夢のまた夢の話だけど、いつか結婚できたら、こういう夫婦になりたい……。

「さて、じゃあ、そろそろお開きということでいいかな?」

二階堂が切り出し、一同は了承の印にうなずく。

「有意義な打ち合わせの時間をありがとうございました。皆さんのご提案を心から楽しみに待っています」

小鳥遊氏が締めの挨拶《あいさつ》を口にし、奥さんが二階堂に「コーヒーとても美味《おい》しかったです。ご馳走《ちそう》様でした」とお礼を言った。

「こちらこそご足労いただきましてありがとうございました。タクシーを呼びましょうか」

「それには及びません。大通りまで出ればつかまりますから」

「では、下までご案内します」

帰路につく小鳥遊夫妻を、二階堂が一階まで見送りに出る。杢がノートPCを片づけ始め、千奈美もノートにペンを挟んで帰り支度を始めた。

（よかった。無事に終わった）

外からそうは見えなかったかもしれないが、ほぼ初対面のメンバーを相手に司会進行役を任されて、これでも緊張していたのだ。

解放感を道連れに荷物をまとめていたら、来客に人見知りしてどこかに隠れていたサビィが出てきて、「ナー」と鳴く。

その段で気がついた。

ごろんと転がったサビィが革靴に頭を擦《こす》りつける男——宗方がミーティング中、一言もしゃべらなかったことに。


キックオフミーティングの翌日から、俺は宗方の部屋を使わせてもらえることになった。

意外なことに、言い出したのは宗方だ。どうせ毎日通ってきているんだし、リバーエッジハウスのなかに自分のデスクがあったほうが、杢と千奈美との連携もスムーズだろうというのがその理由だ。

これまでは、ノマドワーカーよろしく一階のカフェの一角で仕事をしていた。スタッフとは気心が知れているから過ごしやすいのだが、ひとの出入りが多い時間帯はやはり落ち着かなかった。二階のオフィスが使えて自分専用のデスクが持てるなんて、願ったり叶ったりだ。

そんなわけで有り難く申し出に応じさせてもらったが、うれしい半面、宗方は俺が常時側《そば》にいて気にならないんだろうかという疑問も湧く。というのも、宗方の俺に対する態度は相変わらずで、さすがに露骨に顔をしかめることはなくなったが、いまだ好意のようなものは微塵《みじん》も感じられなかったからだ。

もしこの案件がうまくいったら、俺は宗方の弟子になるわけだけど、そのあたりどう思っているんだろう？　そもそも本気で弟子にする気、あんのか？

宗方の心のなかは謎だ。

感情剥《む》き出しなようでいて、肝心《かんじん》なところは秘めて明かさないし。

小鳥遊氏の案件が終わったら、そんな約束していないとか、しれっと言い出しそうな気もしないでもない……が。

（いまは信じて、目の前の仕事をやるしかない）

そう自分に言い聞かせながら、いま俺は【1】の真鍮《しんちゅう》プレートが貼られた部屋の前に、宗方と並び立っている。ここに立つのは、最初にリバーエッジハウスを訪れたとき以来だ。

どんな部屋なんだろう。昔テレビで観た青山《あおやま》のオフィスは、イタリア製の家具で統一されていて、そりゃあスタイリッシュでかっこよかった。

当時、ドがつく田舎《いなか》の高校生だった俺は、自分もいつか青山にこれくらいかっこいいオフィスを持つんだと野望を胸に刻んだものだ。

宗方がジャンパーのポケット（今日はもういつもの格好に戻っている）に手を突っ込み、キーチェーンを取り出す。ドアの鍵を解錠《かいじょう》してノブを回した。ギィーとドアが開く。

目の前に広がる白い光景に、俺はじわじわと瞠目《どうもく》した。

「………っ」

正面の窓と向かい合うように置かれたシンプルなデスクがひとつ、オフィスチェアが一脚。マジでそれだけ。

室内に足を踏み入れてぐるりと見回したが、白い壁はフラットなまま、書棚やシェルフは設置されていなかった。デスクの上もまっさらで、デスクトップはおろか、ノートPC一台置かれていない。

（え？　え？　これって部屋を使ってないってこと？）

使用した形跡のない真っ白な部屋が、宗方の現在の心のなかを表しているように思えて……思わず息を呑《の》む。

未使用の年月を物語る、うっすら埃《ほこり》が積もったデスクをぼんやり見つめていると、後ろから声がかかった。

「好きなように勝手に使え。私物も持ち込んで構わない。ほら」

なにかをぽんっと投げられて、あわててキャッチした。部屋の鍵？

「おまえが持ってろ」

「え？　でも宗方さんは？」

宗方が肩をすくめ、「俺は使わないからいい」と言った。

「……使わない？」

その言葉で、宗方は端《はな》から俺と部屋をシェアするつもりはなかったのだと気がつく。

「じゃあな」

言うなり踵《きびす》を返す背中を、「ちょっと！」と呼び止めた。

「宗方さん！　どこに行くんですか⁉」

一応尋《たず》ねたけど、答えを聞くまでもなく俺にもわかっていた。どうせまたパチンコか麻雀《マージャン》だ。その二択に、土日は競馬が加わる。

「…………」

宗方の姿はすぐに視界から消え、がらんと無機質な空間にひとり取り残された俺は、もう一度部屋を見回した。

六畳くらいだと思うが、ほとんど家具がないせいで広く感じる。中目黒だし、まだきれいだし、窓からの眺めもいいし、入居したい人間はたくさんいるはずだ。

（それをほったらかし？　勿体《もったい》なさすぎる）

こんないい部屋を与えられ、仕事も振ってもらっているのに、やることといったらギャンブルか、猫との昼寝。二階堂の心情を思うとやるせない。

小鳥遊氏のカフェの件だって、宗方がなんでこんなにおいしい仕事を自分で仕切らないのか、俺には理解できない。世のなかには、もっと地味で制約が多くて予算的にもタイトな仕事を、ブラック環境下で黙々とこなしている人間が山ほどいるのだ。

ちょっと前の俺みたいに。

才能に恵まれ、その才能を活かせる環境下にありながら、期待に応《こた》えようとしない宗方にイラッとする。けど、それについてはいったん棚上げだ。

まずは目の前のプロジェクトに全力投球。

クライアントから期限は切られていないけど、できるだけスムーズに開業にこぎ着けるに越したことはないはずだ。

肩書きも後ろ盾もない「ほぼ無職」の俺に、ほかと比べてアドバンテージがあるとすれば、フットワークの軽さのみ。

「よし」

声に出して気合いを入れると、窓を開けて空気を入れ換え、二階堂から掃除機を借りてきた。掃除機をかけて、床を雑巾がけし、デスクの上を水拭きして下準備は完了。

急いで池尻大橋《いけじりおおはし》の部屋に戻り、PCや周辺機器を自転車に積めるだけ積んで、リバーエッジハウスに引き返した。デスクトップPCを設置して、ひとまず仕事ができる環境を作る。ネットはWi-Fi《ワイファイ》のパスワードをトークで杢に聞き、接続完了。そうそう、俺と杢と千奈美の二十七歳トリオで〝トークのグループ〟を作ったのだ。

——ID? 俺やってないから。

ITリテラシー高そうなのに、杢のこの発言には驚いた。

——じゃあ、アプリ入れてよ。

——いやだ。他人と繋《つな》がりたくない。

さくっと拒否られたが、メールだといちいち面倒だし、この仕事が終わるまでという期限付きで説得した。ものすごくいやそうに、渋々とアプリを落とした杢は、終わったら即行デリートすると宣言していた。片や千奈美は、素直にIDこそ教えてくれたものの、レスポンスは【了解です】か【NGです】の2パターン。素っ気ないこと岩のごとし。試しに女子受けしそうなスタンプを送ってみたが、見事に既読スルーされた。

ふたりとも、なかなか心を開いてくれない。和気藹々《わきあいあい》としたチームプレイに憧れていた俺としてはがっかりだが、まあ、仕事をちゃんとやってくれるなら贅沢《ぜいたく》は言っちゃいけない。


翌日の午前中は、二階堂と彼の会社の小鳥遊氏の担当者、杢と千奈美と俺の五名で、仮押さえしてある中目黒駅近の店舗物件を見に行った。まずは周辺を歩き回り、近くにどんな店があって、どのようなひとの流れがあるのかを確認する。ロケーションを確かめたのちに、ビルの一階にある店舗物件を内覧させてもらった。設計図面と照らし合わせて、配管や水回りをチェック。杢は脚立《きゃたつ》に乗ったり、床に這《は》いつくばったりしながら、「こんなところも?」と驚くような細かいパーツまで、カメラに収めていた。同時にメジャーでありとあらゆる場所を測りまくり、図面に細かく書き込んでいく。

その夜、現場視察を踏まえて、杢と千奈美と俺の三人でミーティングの時間を持った。宗方にも声をかけたけど、「おまえに任せた。好きにやれ」と逃げられる。ま、わかってたけどね。

場所を終業後の『Riveredge Cafe《リバーエッジ カフェ》』の大テーブルに設定したのは、桜庭と播磨、キッチン担当の平良《たいら》と久保田《くぼた》に現場の意見を聞くためだ。

それから毎日、三人で叩き台を持ち寄っては協議を重ね、小鳥遊夫妻とメールのやりとりを重ねているうちに、だんだんと店のイメージが固まってきた。

モスグリーンの日よけを頭上に戴《いただ》く大きなガラス窓から、自然光が射し込む明るい店内。ダクトが剝き出しのスケルトン天井では、白いシーリングファンがゆったりと回転している。コンクリート打ちっ放しとタイル張りが共存する壁。寄せ木の床。アルミ素材のテーブルと椅子。壁際の作り付けの棚にはこだわりチョイスの食器やグラスが並び、ディスプレイとしての役割も果たす。

厨房は広くて使い勝手のいいオープンキッチン。一枚板のカウンターに置かれた新鮮な食材が、色味を抑えた店内に彩《いろど》りを添える。

フードメニューは、クスクスにニンジンのラペとアボカドを載せたキャロットラペボウル。マヤナッツを使ったパンケーキ。アガベシロップとココナッツオイルのヘルシーフレンチトースト。キヌアのベーグル。ジャー入りシトラスチキンと麦のサラダ。温野菜とケールのサラダ、チアシードとナッツのディップ添え。

ドリンクは、グラスフェッドバターを使ったバターコーヒー。フレッシュフルーツと有機野菜のロージュース。ゴッコラティー。ミックスマキベリースムージー。

店のメインターゲットは、ヘルシー志向で、かつ流行に敏感で、自分を高めることに労を惜しまない二十代から三十代の女性――。

そこまでイメージしたところで、ふっと脳裏にある女性の姿が浮かぶ。

そう、まさしく思い描くメインターゲットを体現したような彼女を。

（七海《ななみ》さん）

ひさしぶりにその名前を胸のなかでつぶやいた瞬間、つきりと疼痛《とうつう》が走った。

諦《あきら》めたつもりだった。実際、カフェの立ち上げというプロジェクトに邁進《まいしん》し始めてからは、ほとんど思い出すこともなくなっていた。七海ロスを乗り越えたつもりでいた。

なのに。

胸が痛むということは、まだ気持ちが残っているのか。たぶん向こうにとって、俺のことは思い出したくもない黒歴史で、着信拒否までされているのに、未練がましい自分にうんざりする。

ただ……七海さんが通いたくなるようなカフェを目指す――というブランディングは間違っていないと思う。

カフェのターゲットに七海さんを重ねて以降、俺のなかで、より一層コンセプトがクリアになった。

迷ったとき、彼女ならどっちを選ぶ？　と考えるようになったからだ。

七海さんという存在《アイコン》が、ジャッジの基準になってくれた。

直接お礼は言えないけれど、心から感謝している……。

店のイメージはほぼ固まったので、残るはカフェのネーミングだ。これは、小鳥遊氏とのメールのやりとりからヒントを得た。

クライアントからなかなかネーミング案が出てこなかったので、俺のほうでも考えることになり、キーワードを引き出すためにいくつか質問を投げさせてもらった。

好きな映画。好きな作家。思い出の場所。記憶に残っているエピソード。

その流れで、小鳥遊氏が若かりし頃にバンドをやっており、いまでもロック好きだと知った俺は、一番好きな曲はなんですかと尋ねた。

答えは、ジミ・ヘンドリックスの『If 6 was 9』――イフ・シックス・ワズ・ナインだった。曲は知っていたけど、今回改めて、自己流で訳してみた。


もし太陽が輝くことを拒絶してもかまわない。

山が海に落ちたとしても関係ない。

俺は、誰の真似でもない、誰にも真似できない、自分の世界を生きてやる。

たとえ6が9になったとしても、俺は変わらない。

ざっくりとした意訳だが、たぶんこんな感じ。

さすがジミヘン。深くてかっこいい。

(店名、これでいいんじゃないか?)

小鳥遊氏にとっては青春の思い出が詰まった曲。

時代が変わっても色褪《あ》せない主張。

第二の人生のステージとなるカフェの名前に、ぴったりなんじゃないだろうか。

俺は早速、『If 6 was 9』を店名と仮定して、ロゴマークのデザインに取りかかった。

会社員時代は不動産会社がクライアントであり、マンションや住宅を販売促進するためのデザインだったので、なによりも安定感や品のよさ、落ち着きを求められた。でも今回は誰にも気兼ねすることなく、感性の赴くままに、自分がかっこいいと思うロゴを作れる。

はりきって完成させたロゴデザインを使用して、杢が外観と内装のパースを仕上げた。

千奈美は、フードメニューとドリンクメニューをブラッシュアップさせる。

三人分の提出物が揃ったので、小鳥遊夫婦に再度リバーエッジハウスの三階に足を運んでもらった。二階堂立ち会いのもとでクライアントにプレゼンしたところ、店名、ロゴマーク、外装と内装、メニュー、総じて好リアクション。

「これでいきましょう」

固唾《かたず》を呑んで回答を待っていた俺は、笑顔の小鳥遊氏からGOサインが出た瞬間、思わずぎゅっと拳《こぶし》を握り締めた。

「お店のインテリアデザインもスマートですし、メニューはヘルシーでありながら新鮮味があります。店名は、まさしく私が求めていたものだ。ロゴマークもいい」

続く言葉には、いつもはクールな杢も、いつにも増して緊張していた千奈美も、表情が明るくなる。

「本当にすごく素敵です。完成がとても楽しみです」

小鳥遊夫人も、めずらしく高ぶった口調で褒めてくれた。

「中目黒という街にぴったりの、若々しくてフレッシュでヘルシーなカフェになりそうだね。クオリティの高い提案をありがとう。きみたちに任せてよかった」

二階堂にもそんなふうに言ってもらえて、背中がむずむずする。

ブランディングの方向性、間違ってなかった。クライアントに喜んでもらえた。

他人に認めてもらえるのが、こんなにうれしいものなんだって、すっかり忘れていた。

失いかけていた自信が、少しだけ復活の兆《きざ》し。

（やった！　やった！　やった！）

小躍《こおど》りしたい気持ちを押さえつけ、ともすればにやけてしまいそうな口許を引き締める。いやいや、それほどでも、これくらい普通ですよ——という体《てい》を装うのに、俺は表情筋を総動員しなければならなかった。


「やっと捕まえた！　宗方さん！」

二階の踊り場で待ち伏せしていた俺と目が合い、外階段を上がってきた宗方が、ちっと舌を鳴らす。

いきなり舌打ちかよ？

だが、これくらいの仕打ちで怯《ひる》んでいたら、このひとには太刀打《たちう》ちできない。

パチンコの景品を詰め込んだレジ袋を手にした男が、無言で身を翻《ひるがえ》すのを見て、「待ってください！」と呼び止めた。カンカンカンカンッと階段を二段抜かしで駆け下り、男の前に回り込む。

「三日もどこに雲隠れしていたんですか？」

「雲隠れなんか」

「してましたよね」

言葉尻を奪うように断言すると、バツの悪い表情をした。一応、罪悪感らしきものは持ち合わせているようだ。

そう――この三日間、宗方は明らかに俺を避け、逃げ回っていた。携帯を持っていない男を捕獲するのは、なかなかどうして至難の業《わざ》で……。

そもそも四日前のプレゼンにも顔を出さなかった。仮にも総監督の立場でありながら、プロジェクトの一番の山場であるプレゼンテーションをフケたのだ。

責めるような俺の視線から、宗方がつと目を逸らす。

「小鳥遊氏のカフェのプレゼン、無事に通りましたよ。クライアントのGOが出たんで、店舗の外装および内装の施工、什器や厨房機器の発注その他、すでに動き出しています。スタッフの募集も始まりましたし、俺も店名ロゴをブラッシュアップしているところです」

「あー、そうかよ。そりゃよかったな。よくやった、よくやった」

あさっての方向を向いたまま、宗方が口先ばかりの労《ねぎら》いを吐いた。

「棒読みで労われてもうれしくないです」

目を合わせようとして、俺が視線のほうに移動すると、ふいっと逆を向く。ならばとそっちにスライドしたら、また逆を向いた。行ったり来たり、いたちごっこを繰り返した末に、ついに宗方の視線を捉《とら》える。往生際の悪い男を、強い眼差しで見据えた。

「俺は課題をクリアしました。ですから、宗方さんも約束を守ってください」

「約束ってなんだ？」

宗方が、無精髭《ぶしょうひげ》の散らばった顎《あご》をぼりぼりと掻《か》く。

やっぱりすっとぼける気だ。いい歳をして、そんな言い逃れで済むと思っている男に、腹の底からムカムカとむかつきが込み上げてくる。

（そうはさせるか！）

「弟子の件ですよ！　課題をクリアできたら弟子にしてやるって言ったじゃないですか！　言っときますけど宗方さんから言い出したんですからね！」

畳《たた》みかけるように怒声を放ち、宗方に詰め寄る俺の頭上から、「宗方！　石岡くん！」と聞き覚えのある声が降ってきた。

俺は顔を上げ、宗方は振り返る。

二階の踊り場に二階堂が立っていた。定番の三つ揃いのスーツを身につけ、端整な面差しも平素どおりだが、顔つきが険しい。

二階堂はどんなときも飄々《ひょうひょう》としており、宗方とは別な意味で本心を明かさないので、感情を——とりわけ負の感情をあらわにするのはめずらしいことだ。

彼がこれから伝えようとしているのが悪い知らせであるのは、その顔を見れば一目瞭然《りょうぜん》。

「どうしたんですか？」

俺はごくりと唾《つば》を飲み込み、喉《のど》に絡んだ低い声で尋ねた。宗方も眉をひそめ、「なにがあった？」と聞く。

「……小鳥遊夫妻が」

「夫妻が？」

「離婚した」

二階堂が発した言葉の意味を理解するためには、数秒を要した。

沈黙を切り裂き、俺と宗方のハモり声が敷地内に響き渡る。

「「離婚!?」」

room [6]

小鳥遊《たかなし》夫妻が離婚！

急転直下の展開に頭が追いつかない。だって、ふたりで仲良くプレゼンに耳を傾けていたのは、たった四日前だ。

――私と主人には子どもがおりませんので、カフェは私たちの子どものようなものです。

――私はあなたと一緒にカフェを育てていくことができたら、もうそれだけで充分……。

――ありがとう。こうして夢を実現できるのも、きみのサポートのおかげだ。

お互いを尊重し合って、パートナーの夢をもうひとりがしっかりと支える。夫唱婦随《ふしょうふずい》を絵に描いたような夫婦。

俺もいつか結婚できたら、こういう夫婦になりたいと思っていた。

（それが離婚って……信じられない）

痺《しび》れるような衝撃の余韻《よいん》を引き摺《ず》って、俺と宗方《むなかた》は二階堂《にかいどう》の部屋に移動した。各自の部屋から招集された杢《もく》と千奈美《ちなみ》も、突然の展開に困惑しているのがわかる。元来感情表現の乏《とぼ》しい杢はより一層表情が硬く、ビクビクがデフォルトの千奈美もさっきからずっと小刻みに体を揺らしている。

さらに全員、立ったままだ。二階堂は着席を勧めたが、みんなとてもじゃないが、腰を落ち着ける気分ではないようだ。

誰も座らないので、二階堂も諦《あきら》めたのか、立った状態で説明を始める。

小鳥遊氏からの電話で事情を知ったという彼が説明したところによると、熟年離婚の原因はご主人の浮気。いや、この場合は本気か。お相手は三十代なかばの直属の部下で、その女性とのあいだに子どもができたことがわかり、ご主人のほうから奥さんに別れてほしいと切り出したとのこと。奥さんは、その申し出を受け入れた。

結果として、ご主人が選んだのは、長年連れ添った奥さんとカフェを運営する第二《セカンド》の人生《キャリア》ではなかった。

新しいパートナーと再婚し、子どもを育てていく人生。

ちなみにご主人はリタイアを取りやめた。会社と再雇用契約を結び、今後も働き続けるらしい。生まれてくる子どものためには、それが正しい選択なんだろう。

「……というわけで、残念ながらカフェプロジェクトも白紙となった。こうなった以上はプロジェクトをできるだけ早く中止したほうがいいと判断して、離婚が正式に成立する前に連絡をくれたようだ」

二階堂がそこで言葉を切り、俺たちの顔を見回す。

「ご主人は『なにもかも、自分の不徳の致すところです。尽力してくださった皆さんに多大なご迷惑をかける結果となり、大変に申し訳ない』と平謝りに謝っておられた。これまでにかかった費用は全額負担してくださるそうだ」

店舗物件の解約に併《ともな》うもろもろの経費や、すでに手配済みの外装および内装施工にかかわるキャンセル料、俺たちのプレゼンのギャランティなどはきちんと支払われるようで、それはよかった。

とはいえ、プロジェクトが中止になるのに変わりはない。

ロゴも外装も内装もメニューも納得がいくものができて、プレゼンも無事に通り、クライアントにも喜んでもらえて……理想を詰め込んだカフェが形になるのをすごく楽しみにしていたのに。

一番辛いのは奥さんだと思うし、俺自身のキャリアで、進行中の仕事がぽしゃった前例がないわけじゃない。だから耐性があるかといえば、それはまた別問題。

今回ばかりはうまくいってほしかった。

そう思うのと同時に、やっぱりな……と腑《ふ》に落ちるところもあって。

予算は潤沢《じゅんたく》。立地も一等地。クライアントは物わかりがよくて、チームを組んだメンバーも優秀。これまで俺がやってきた仕事と比べて、なにもかもが揃いすぎていた。

こんなに条件がいい仕事が順調に進行するなんておかしいって、潜在意識のどこかで思っていた気がする。

その懸念が現実となった。

俺の人生に、そんなにおいしい話が転がっているわけがないのだ。

（……だよな。うん……知ってた）

それにしても斜め上の展開すぎる。

小鳥遊夫妻はどこから見てもお似合いのおしどり夫婦で、離婚フラグとかまったく立ってなかった。それなのに……。

ひょっとして俺がかかわったから？　俺が疫病神《やくびょうがみ》なのか？　そうなのか？

「まー、そうしょぼくれるな」

意気消沈のあまりに自虐《じぎゃく》モードに陥《おちい》っていた俺の背中を、誰かがバンッと乱暴に叩く。

「残念な結果にはなったが、おまえはよくやった。チームのリーダーとして精一杯がんばった」

聞いたこともないやさしい声音《こわね》で労《ねぎら》いの言葉をかけてくる宗方を、俺はうろんげに見た。

心なしか顔が笑っているような気が……。

このひと、もしかして喜んでる？

俺を弟子にしなくてよくなったから？

隠しきれずに漏《も》れてしまっている本音を読み取るのと同時に、俺はずいっと宗方に詰め寄った。

「カフェプロジェクトが流れても、弟子入りの件とは別ですから！　ちゃんとクリアしたんですから、そこはきちんと評価してください！」

「あー、うるせーっ」

宗方が顔をしかめて耳を塞《ふさ》ぐ。

「耳許《もと》で大声出すなよ。おまえすぐカッカしすぎだろ？」

「だって宗方さんが……っ！」

反論しようとしたとき、キンコーンとチャイムが鳴った。

「誰だろう」

二階堂が訝《いぶか》しげにつぶやき、玄関に向かって歩き出す。ややあって、ガチャッとドアを開く音がした。

「小鳥遊さん!?」

二階堂の虚を衝《つ》かれた声が聞こえてきた瞬間、俺を含め、その場の全員が息を呑《の》む。

(えっ……いきなり当事者登場!?)

「すみません……突然お邪魔してしまって」

小鳥遊夫妻のどっちだろうと聞き耳を立てていたら、まさかの奥さんの声。

「いえいえ、どうぞお入りください」

すぐに気を取り直したらしい二階堂が入室を促《うなが》す。

「ありがとうございます。失礼します」

二階堂に案内されて、奥さんが姿を現した。近づいてくる彼女の顔に、隠しきれない疲労の色を認める。もともと色が白くて細いひとだが、白さを通り越して顔色はもはや青白いし、さらに痩《や》せて頬《ほお》がこけたようにも感じた。

奥さんにとっても、旦那《だんな》と浮気相手のあいだに子どもができて離婚——なんて寝耳に水の展開だったはず。受けた衝撃は、当然俺たちの比じゃないだろう。事情が明らかになってから、まともに眠れていないんじゃないだろうか。

フリーズする一同の前で、奥さんがお辞儀をした。みんなも黙ってお辞儀を返す。

「…………」

しばらく誰も言葉を発さず、気まずい空気が流れた。

離婚に至る経緯を聞いたばかりで、当事者にどんな言葉をかければいいのか。俺も戸惑ったし、みんなもどうしていいかわからないに違いない。

「……大変でしたね」

重苦しい沈黙を破ったのはやはり、このなかで一番の常識人――二階堂だった。

「はい。私たち夫婦の問題で、皆さんに大変なご迷惑をおかけしてしまって、本当にお詫《わ》びのしようもございません。小鳥遊から、二階堂さんに事情をお話しして謝罪したと聞きましたが、ほかの皆さんにも直接お詫びがしたくて、本日こちらにおうかがいした次第です。皆さん……本当に申し訳ございませんでした」

心労を押し隠して深々と頭を下げる奥さんに、二階堂が「そんな……奥様が謝罪する必要はありません。どうかお顔を上げてください」と取りなす。

二階堂の言うとおりだ。奥さんは被害者であって、俺たちに謝る必要なんてない。

そう思ってうなずいていると、顔を上げた奥さんが、「実は、カフェの件でお話が……」と切り出した。

「わかっております」

最後まで言わせるのは忍びないと思ったのか、二階堂が言葉を遮《さえぎ》る。

「こういった事態になって、カフェどころでないのはわかっております。小鳥遊氏から連絡をいただいたあと、ただちにプロジェクトを停止いたしました。幸いにも、外装、内装ともに施工に取りかかっておりませんでしたので、最小限のキャンセル料金の発生で済みそうです。その点についてはご安心ください」

「いいえ、そうではなくて……続けたいんです」

「いまなんと？」

二階堂が聞き返した。

「カフェを続けたいのです」

シーンと静まりかえった場が、一瞬後、複数の驚愕《きょうがく》の叫びに満ちる。

「「「ええええっ」」」

いつもはクールな杢も、シャイな千奈美も大きな声を発していたから、そのインパクトたるや相当なものだ。離婚も驚いたけど、この展開は予想の斜め上のさらに上だった。

「……と申しましても、以前のような潤沢な資金は用意できません」

みんなの動揺が収まるのを待って、奥さんが言葉を継ぐ。

「財産分与の話し合いはこれからですが、向こうはお子さんが生まれますし、慰謝料は請求しないつもりです」

「それでいいんですか？」

その場のみんなの気持ちを代弁する形で、二階堂が尋《たず》ねた。

「第三者の立場から冷静に申し上げて、ご主人の行動と選択はいささかエゴイスティックに思えますが」

（そうだ、そうだ。せめてがっちり慰謝料取っちゃえよ！）

俺の心の声を否定するかのように、奥さんが首を横に振る。

「こうなってみて、これまでの自分を振り返ったのですが、私は結婚してからずっと主人の庇護《ひご》のもとで、彼に依存してきました。専業主婦だったのもありますが、そこに胡座《あぐら》をかいて、なんの決断もせずに、すべてを彼任せにしてきた。過去一度も、彼の意向に逆らったことはおろか、自分の意思を主張したこともありません。赴任先にも黙ってついていき、彼をサポートしてきました。誰からも後ろ指をさされない駐在員の妻を理想とし、目指してきた。それが彼のためであり、夫婦円満の秘訣《ひけつ》だと思っていたからです。でも、違った」

淡々とした物言いが、却《かえ》って彼女の胸の痛みを伝えてくるようで、俺はひそかに奥歯を噛《か》み締めた。

「彼にとって私との生活は、それなりに居心地がよかったかもしれませんが、刺激はなかったと思います。結婚後、私に子どもができにくい体質だとわかったときも、それでもいいよと主人は言ってくれました。だけどこうなってみて、私のために我慢してくれていたことがわかりました。私たちは結局のところ、長い夫婦生活で、本音をぶつけ合ってこなかった。自分が傷つくのも、相手を傷つけるのも怖くて、お互いから逃げてきたんです。いま思えば、私は彼のパートナーですらなく、もはや彼の一パーツでしかなかった。今回のことがなければ、形骸《けいがい》化した夫婦というシステムを、どちらかが死ぬまで続けていたのかもしれません。でも、彼は新しいお相手との第二の人生を選択し、私に別れを切り出した。すごく勇気が要《い》ったと思います。できることなら、どちらか片方を選び取ることはしたくなかったでしょうが、それは許されなかった。おそらく生涯《しょうがい》、彼の心のなかから、私という分身を断ち切った際の断腸《だんちょう》の念は消えないでしょう。それがわかるから、私には彼を責めることはできません。夫婦であった時間、彼はいつだってやさしかったですし、私を本当に大事にしてくれました。いまとなっては、これまで一緒にいてくれてありがとうという感謝の気持ちしかありません」

そこでいったん言葉を切る。溜《た》めていたものを一気に吐き出したせいか、その表情はどことなくすっきりとしていた。

「小鳥遊が選び取ったように、ここから先は私も自分の人生を選び取り、生きていかなければなりません。これまでの人生は小鳥遊の妻として生きてきました。カフェだって最初は、小鳥遊の夢につきあっていただけでした。でも、プランが具体的になっていくに従って、私自身もすごく楽しみになってきて……いつの間にか自分の夢になっていたんです。私は変わりたい。自分のカフェを持って、そこが誰かの居場所になるように育てていきたい。カフェと一緒に成長していきたいんです」

切々と訴え、「そのために、どうかお力をお貸しください」と頭を下げる。

ご主人の陰にひっそり隠れていた奥さんが、こんなにたくさんしゃべるのを初めて聞いたし、赤裸々《せきらら》な告白に心を揺さぶられた。

カフェプロジェクトを存続したいという熱意も、ひしひしと感じた。

俺だって、できるものならプロジェクトを続行したい。

だけど現実問題、資金が乏しいのは厳しい。俺たちが立てたプランは、予算に糸目をつけない贅沢《ぜいたく》な造りだし、賃料だって立地に見合った高額だ。だからといって、カフェのために借金をしたら、それはそれで奥さんが大変になる。カフェの経営は、絶対当たるという保証のない水物だし……。

「あの」

思わず声を発した俺を、奥さんが見る。

「お気持ちはわかりますが、このままプロジェクトを継続するのはやはり無理があるかと……」

奥さんの顔が曇った。うう、胸が痛い。やりましょうと言ってあげたい。でも安請け合いはしちゃいけない。これは、奥さんの今後にかかわる大きな決断だ。そもそも俺ごとき若造が、ひとひとりの人生を左右するようなジャッジを下すなんて荷が重すぎる……。

「石岡《いしおか》」

悶々《もんもん》とする俺の名前を、それまで黙っていた宗方が呼んだ。

「はい？」

呼ばれたほうに視線を向けて、黒々とした目とぶつかる。

「いままで一度だって予算充分の仕事があったか？」

「は？」

「なかっただろ？　だからおまえは、予算が足りない分は頭を使い、体を張って補ってきた。今回のケースもそれと同じだ。違うか？」

びっくりした。びっくりしすぎて、口をぽかんと開けてしまった。

（見て……くれていた？）

二階堂に預けてあったポートフォリオを――俺の仕事を見てくれていた？

まったく興味ない素振りで、おくびにも出さず……でもちゃんと……。

胸の奥がじわーっと熱を帯びる。

「アホみたいに口開けてないで聞け。いいか？　無論、これまでのプランは実現不可能だ。一から作り直すくらいの大がかりな修正が必要だろう。だが、別に店舗を作っちまったわけじゃない。所詮《しょせん》はデータ上のプランで、変更はいくらでもきく。身の丈に合った新しい店を考えりゃいいんだよ」

「ど、どうしたんですか？　なんかすごくまともなこと言ってますけど」

おののく俺に、宗方が「おまえ、俺をばかにしてんのか？」と凄《すご》んだ。

「してませんよ。感心してるんです」

「やっぱばかにしてんだろ！」

「いまの話の流れで思い出したんですが」

揉《も》める俺たちの横で、二階堂が冷静な声音を出す。

「会社の持ち物件で、先日店じまいしたスナックがあるんです。まだ外装、内装ともに手をつけていない段階なので、いまなら居抜きで使用できます。当初に予定していた店舗と比べれば床面積は三分の一ですし、中目黒《なかめぐろ》の駅からも遠くなりますが、弊社《へいしゃ》の持ち物件ということもあり、かなりリーズナブルな賃料でご案内できるかと思います」

「本当ですか？」

奥さんが顔を輝かせた。

「あ、あの……っ」

次に声を発したのは千奈美だ。みんなの視線が集中するとカッと赤面し、怯《ひる》む様子を見せたが、やがてみずからを奮《ふる》い立たせるように背筋を伸ばす。

「よ、予算を削減するために、奥様が自分で厨房《ちゅうぼう》に立つのはいかがですか？」

「あっ、それいい！」

俺は叫んだ。人件費は毎月の固定費のなかでも大きなウェイトを占める。オーナーが自分で厨房に立てば、固定費がだいぶ浮く。

「これまで専業主婦をなさっていたのなら、お料理の基本はできているはずです」

「はい。おおよそのことはできると思います」

「だったら、ご自分が厨房に立たれるのが一番いいです。私が奥様に無理なく作れて、かつ年間を通してコンスタントに提供できるメニューとレギュレーションを考えますから」

「ありがとうございます。なんとお礼を申し上げればいいのか……」

感激の面持ちで謝辞を口にする奥さんに、千奈美がふるっと首を振る。

「……同じ女性として、奥様にはがんばっていただきたいです」

小声のエールに、奥さんがにっこりと微笑《ほほえ》んだ。

「そういえば、妹が手伝ってくれるかもしれません。子どもの手が離れたから働きたいと言っていましたので。妹は短大の家政科を出て、栄養士の資格を持ってます」

「それは助かりますね。ランチタイムだけでもサポートに入ってもらえたら、ぜんぜん違うし。早速連絡を取って相談してみてください」

促す俺に、奥さんがおずおずと「あの……では」と確認してくる。

「引き続き、カフェの立ち上げをお手伝いいただけるんでしょうか？」

問いかけを受けて、俺は一同の顔を見回した。最初に目が合った千奈美がこくりとうなずく。次に眼鏡のポーカーフェイスを見た。こいつはさっきから自分の意見を言わないので、なにを考えているのかわからない。

「杢は？」

「なれなれしく名前呼びすんな」

殺気立った声が返ってきた。そこかよ？　こいつ、ホントめんどくせーな。

仕方なく、「小寺《こでら》くんはどうですか？」と言い直す。

「ここで断ったら鬼だろ」

不承不承《ふしょうぶしょう》といった口調ではあったが、杢も引き受けてくれてほっとした。こいつが抜けたらダメージがでかい。

「二階堂さん、サポート期待していいですか?」

「僕にできることならなんでも言ってくれ」

にこやかな即答。さすがオーナー、頼りになる。

「宗方さんは?」

俺は、最後に残った男に尋ねた。おもむろに腕を組んだ宗方が、片手で顎《あご》をボリボリ掻《か》く。

「俺はな、金はいくらでも使っていいからかっこいい店を作れなんて仕事、散々やって飽き飽きしてんだ。そんなの誰がやっても同じだろ?」

それで乗り気じゃなかったのか。

にしても、飽き飽きとか贅沢だよなー。ぶつぶつ。

「つまり?」

ややイラッとしながら確かめると、唇をにっと横に引く。

「やっとおもしろくなってきたってことよ」

全員の同意を得た俺は、奥さんに向き直った。

「ここまで来たら乗りかかった船です。新しいカフェ、作りましょう!」

新カフェプロジェクト立ち上げにあたっては、既出のプランをすべて捨て、これまでとは正反対のコンセプト、「予算も納期もタイトな店作り」が至上命題となった。

奥さん——離婚が成立したので、もう奥さんじゃないよな。えーと、旧姓に戻ったから鈴木《すずき》オーナー。名前もずいぶんスッキリした——が資金を出すので一円だって無駄にはできない。コストを抑えつつ、可能な限り早期の開店を目指す。空家賃《から》をなるべく発生させないためだ。

新カフェの候補物件は、古くからある商店街のわりと奥のほうに位置しており、中目黒の駅からはお世辞にも近いとは言えない。

ちなみに中目黒——通称ナカメといえば、目黒区有数の繁華街。恵比寿《えびす》、代官山《だいかんやま》、目黒、祐天寺《ゆうてんじ》、池尻大橋《いけじりおおはし》にも徒歩圏内ということで、「芸能人出没率が高いおしゃれな街」、「若者に人気の夜遊びスポット」、「グルメが通う美食の街」などのイメージが強いが、実はけっこう下町の雰囲気も残っている。特に線路に沿って長く伸びる商店街には、昔ながらの個人経営の店が多く、どこかのんびりとした空気が漂う。

で、現在《なう》、その牧歌的な商店街の一角に俺と杢は立っていた。

「何度見てもボロい」

「ああ……」

二階建ての建物自体が木造で相当な年季ものだし、内装も使い込まれてボロボロ。元はスナックだったらしいが、壁は煙草《たばこ》のヤニで黄ばんでおり、床は染み込んだ油でヤバいくらいにつるつる滑る。天井もヤニと油染みだらけ。キッチンとトイレ、バックヤードを除けば、客席として使えるスペースは十二畳ほどの手狭さだ。

以前の駅近の物件と比べると、広さといい、質といい、立地といい、かなりの見劣り感があるが……。

「でもラッキーなことに、この周辺にはカフェがない。中目黒の駅と祐天寺の駅のちょうど中間地点。どっちからも遠い中途半端な立地だけど、考えようによっては、どっちの駅の利用客もゲットできる可能性がある」

「ものは考えようだな」

眼鏡をくいっと持ち上げた杢のクールなリアクションに、俺はにっと笑った。

「ここはひとつ、ポジティブシンキングで乗り切らないと」

――私と妹が働くにはちょうどいい間取りだわ。

昨日内覧した際、鈴木オーナーも、前向きにそう発言していた。

新カフェのプロジェクトが立ち上がった翌日——早速、二階堂の会社の営業担当者と鈴木オーナー、俺と杢と千奈美の五名で、新店舗候補の物件に足を運んだ。

千奈美が検分した結果、シンクやガスレンジなどの厨房設備、冷蔵庫やオーブンなどの厨房機器はそのまま使えそうだという判断が下った。居抜き物件はこれが魅力だ。買い足さなければならないものも、中古やレンタルで調達することで話がまとまる。

千奈美と杢でざっくり弾き出した見積もりを元に、二階堂が開店までにかかる諸経費を算出した。結果、借金せずに開業資金を賄《まかな》えそうだという目算が立ったので、鈴木オーナーが二階堂の会社と賃貸契約を交わした。

賃貸契約完了後、鈴木オーナーと俺、杢、千奈美の四人でキックオフミーティングを開き、大筋で方向性を決めた。まずは大きなカテゴライズ分けのうち、「セルフカフェ」か「フルサービスのカフェ」かの二択。これは協議の結果、お客さんにカウンターで注文してもらい、客自身が注文した品を席に運ぶ「セルフカフェ」を選択することに。「フルサービスのカフェ」は、人件費との兼ね合いで難しいと判断しての選択だ。

セルフでいくと決まったので、俺がオーナーに「希望や要望」を聞き取りし、杢が画像共有アプリでキーワード検索をかけた。上がってきた画像のなかからオーナーがいいと思うものを選んでもらい、タブレット上のスクラップブックに写真を貼り付けて、店のコンセプトとイメージを固めていく。

鈴木オーナーが選んだ画像の傾向から推《お》し量《はか》るに、都会的でスタイリッシュな店よりは、素朴でナチュラルな雰囲気の店が好みのようだ。『If 6 was 9』は、元ご主人の好みが強く反映されていたから、新しいカフェが真逆のテイストになっても不思議はない。

そんなわけで、昨日の段階でセルフカフェという業態、ナチュラルテイストという方向性は決まった。オーナーの妹さんが手伝ってくれることになり、人手とカフェの営業に必須の資格も確保できた。

オープンまでには、保健所に申請をして立ち会い検査を受け、営業許可をもらう必要があるが、それはおいおい進めるとして――まずは外装と内装のイメージを固めるために、俺と杢は昨日に引き続いて店舗に足を運んだというわけだ。スペアキーは昨夜鈴木オーナーから預かり、好きに出入りしていいという許可ももらってあった。

コンコンッ、コン、コンコンコンッ。

杢が壁を叩く音で物思いを破られた。

壁や床をひととおり叩き尽くすと、今度は剝《は》がれかけている壁紙を捲《めく》ったり、厨房スペースに入って戸棚を開けたり閉めたり、忙《せわ》しなく動き回る。かと思うと愛用のメジャーを取り出し、あちこちを計り始めた。すでに昨日だいたいの場所は計測済みだが、いうなればこれは、やつの儀式のようなものなのだ。

こうやって現場でテクスチャーに触れたり、メジャーで計ったりしながら、頭のなかで内装のイメージを組み立てていく。一度『If 6 was 9』のときに組み、杢のやり方がなんとなくわかっていたので、俺は邪魔しないように黙って動向を見守った。

「表面は傷《いた》んでいるけど、造り自体はしっかりしている。このカウンターは活かせるな。ここをレジカウンターに改修して……席をどう配分するか……その場合動線は……」

やがてぶつぶつとつぶやき出す。どうやら脳内で内装のプランが固まりつつあるようだ。手許のボタンを操作して、メジャーをジャッと収納した杢が、「よし」と声を出す。

「施工業者の使用は最低限に抑えて、仕上げはセルフビルドでいく」

「セルフビルドって、DIY的な?」

「そうだ」

「うひー、大変そう……」

ぐるっと店内を見回して、俺は顔をしかめた。この昭和臭が色濃く漂うスナックを理想形にリフォームするのは、かなりハードそうだ。

「自分たちでやれば、時間と経費のどちらも削減できる」

経費と時間の削減は今回の至上テーマ。それを言われたら、やるしかない。

「……了解っす。やります。やるよ！」

半ギレの俺の返答を当たり前だろうというふうにスルーして、杢が言った。

「早速、セルフビルド用の素材を探しに行こう」

そこからの半日は、杢の誘導のままに、東京中のインテリア関連のショップ――アンティークショップ、ユーズドファニチャーを扱う店、古材・建材・塗料・金物などを扱うインテリアマテリアルショップ、ジャンク系雑貨店、リサイクル店――などを回った。

ショップの位置情報を完璧に海馬《かいば》にインプットしているらしい杢は、地図を見ることもなく、最短ルートで淡々と制覇《せいは》していく。使えそうな建材や、掘り出しもののレストア家具などを見つけると、店長やスタッフ（顔見知りっぽかった）に、いくらまでならディスカウントできるのかを交渉して、納得の金額だった場合のみ写真を撮った。

途中ブレイクも入れずに都内を縦横無尽に歩き回り、リバーエッジハウスに戻ったのは、日もとっぷり暮れた午後七時過ぎ。俺はくたくただったが、杢は平然としている。シュッとした見た目と違ってタフな男だ。

「コーヒー飲みてー。喉《のど》、カラカラ」

一息つきたくて、直接一階の『Riveredge Cafe《リバーエッジカフェ》』に顔を出した。

「いらっしゃいませ、小寺さん、石岡さん」

出迎えた桜庭《さくらば》が、「鈴木さんと笠井《かさい》さんもいらっしゃっています」と奥の四人がけテーブルに案内してくれる。

「お疲れ様です」

鈴木オーナーが立ち上がってお辞儀をした。席を一個横にずれた千奈美が、「お帰りなさい。どうでした?」と聞く。

「小寺にめちゃくちゃ連れ回された」

ぼやきながら、俺は千奈美が空けてくれた席に座った。前は俺がちょっと近づくだけでいちいちビクッとなっていたが、少しは慣れてきたのか肩が揺れない。

「あれぐらいフツー」

ほざいた杢は、鈴木オーナーの隣に腰を下ろした。

「それなりに収穫がありました。使えそうな家具の写真を撮ってきたので、あとでお見せします」

「こっちも、少しずつ形になってきました」

千奈美と鈴木オーナーは、今日はメニューについて打ち合わせをしていたのだ。

「あ、ほんと?」

そのタイミングで冷やタンを持って来た桜庭に、「スペブレお願いします」とオーダーする。杢も「俺もスペブレ」と乗っかった。

「スペシャルブレンドをおふたつ。かしこまりました」

「実はスペシャルブレンドの配合を、桜庭さんが教えてくださることになったんです」

鈴木オーナーが切り出し、俺は「えっ、本当ですか？」と桜庭の顔を見る。

ブレンドの配合は、カフェによってオリジナルレシピがあり、企業秘密にしているところも多い。仮にレシピを突き止め、同じブレンドに配合したとしても、豆の仕入れ先や焙《ばい》煎《せん》の仕方によって味が変わってしまう。人気店の味を真似るのは、そう簡単な話ではないのだ。

「はい。二階堂オーナーからそのように承《うけたまわ》っております。豆の仕入れ先もご紹介しますし、営業時間外でよろしければ、私がドリップの仕方を指南いたします。ちょっとしたコツがございますので」

「うわ！　マジすか！　桜庭さん直伝とかすげーっ」

興奮して、ますます大きな声が出た。スペブレを忠実に再現できれば、コーヒーに関しては勝ったも同然だ。

「オレでよければ、接客のレクチャーするけど？」

さらにちょうど通りかかった播磨《はりま》から、そんなうれしい申し出がキタ！

「本当ですか？　助かります」

鈴木オーナーが立ち上がり、「よろしくお願いします」と頭を下げると、播磨は「べ、別にそんなたいしたことじゃ……」と横を向いた。頰がほんのり赤い。照れてやがる。ツンデレめ。

杢がショップで撮ってきたユーズドの家具や建材・古材の写真をタブレットに移してシエアしたり、オーナーと千奈美がまとめたメニュー案をチェックしたりしているうちに、スペブレが運ばれてくる。熱々のコーヒーを飲んで、ほっと一息ついた俺は、改めて切り出した。

「見せてもらったメニュー、どれもいい感じだと思うけど、できれば、うちのカフェならコレ！　っていう代名詞になるような推しメニューがあったほうがいいと思うんだ。で、日中に小寺とショップを回っていたときに、ひとつアイディアが浮かんでさ」

杢のお供をして回った店のひとつに、輸入ものの古道具を扱う店があって、アメリカの田舎《いなか》で使われている古い農具なんかも置いていた。「うわ、なつい。農作業の手伝いで使ったよなー」と懐かしく思い出した流れで、ふっと閃《ひらめ》いたのだ。

「カフェのコンセプトにもかかわってくるんだけど、美味《おい》しいコーヒーとアップルパイの店ってどうかな」

「アップルパイ？」

千奈美が小首を傾《かし》げる。しばらくその状態で考え込んでいたが、「オーソドックスで目新しさには欠けますけど、嫌いなひとがあんまりいないイメージですね。老若男女が好きな味というか……」と見解を口にした。

「私も好きです。熱々のホットアップルパイと冷たいバニラアイスの組み合わせが特に好きです」

オーナーも賛同する。「素朴でナチュラルっていう店のイメージとも合致している」と杢。

「でも、なんでアップルパイなんですか？」

千奈美の疑問に答える。

「実は俺、青森出身でさ。ちょいツテがあって、質のいいりんごを安く農園から仕入れられるかもしれないんだ」

高校時代、俺はりんご農園でバイトをしていた。その農園では、傷がついてしまって出荷できないりんごを加工工場に捨て値で卸《おろ》していた。工場でジャムやジュースにするのだ。

あのりんごを安く仕入れられないだろうか。ダメージがあるといっても表皮だけの話で、味には関係ない。本来とても美味しいりんごだ。

それにりんごなら、特殊冷蔵技術の発達もあり、通年で供給が安定している。

俺の説明を聞いていた千奈美が、「石岡さん、その農園にいま連絡つきますか？」と食いついてきた。

「ん。ちょっと連絡してみる」

デニムのバックポケットからスマホを取り出し、店の外に出る。エントランスのデッキスペースに立って、懐かしい番号をタップした。

「もしもし？　東京の哲太《てつた》です。ご無沙汰《ぶさた》してます」

『哲太!?　なつかしいな』

何年ぶりかに聞く、おっちゃんの野太い声。

『まみししちゃーな？』

元気にしているかと尋ねられ、ついお国言葉が出た。

「元気、元気。みんなもが？」

『ああ、みんな元気だね』

おっちゃんの家族も、農園のみんなも変わりなく、元気そうでよかった。

近況報告もそこそこに、俺は早速、りんご農園の経営者であり生産者でもあるおっちゃんに事情を説明して交渉を始めた。

おっちゃんは乗り気で話を聞いてくれたが、ほどなく衝撃の事実が発覚。

昨年末の収穫終了と同時に、流通に乗せられないりんごは加工工場に納品しており、すでに手許にないとのこと。

（が〜ん。遅かった……）

天を仰ぐ俺に、ここで神様が味方してくれた。

今年から、おっちゃんの農園がECビジネスを立ち上げ、インターネットを使ったりんごの通販を始めたのだという。りんご単体にとどまらず、りんごを使ったオリジナル商品の開発も視野に入れていたおっちゃんが、東京の料理研究家が作るアップルパイに興味を示し、CA冷蔵してあるりんごを安価で譲ってくれると言い出した。しかも今年の収穫期分は、加工工場に卸す前に、あらかじめカフェ用のりんごを確保してくれるとまで！

その代わりに、美味しいアップルパイが開発できた暁《あかつき》には、農園の通販サイトで販売させてほしいという要望をもらった。それこそ願ってもない提案だ。

こっちもゆくゆくはカフェの情報をSNSで発信していく予定だったので、そこでも連携し、お互いに盛り上げていこうという話でまとまる。

「OK出た！」

スマホを片手に俺が店内に戻ると、千奈美がめずらしく興奮した様子で「やった！」と立ち上がった。が、すぐに恥ずかしそうに、すとんと腰を下ろす。いや、でも、はじめの頃に比べたら、だいぶ打ち解けてきたよな？

「――で、アップルパイは、もちろん美味しいのが大前提だけど、そこにプラスして見た目を重視したい」

俺の要望に、千奈美が「見た目？」と小首を傾げる。関係ないけど、さっきからちょいちょい見せるこの仕草で小動物っぽさが増し増し。

「そう。目を引くビジュアルだと、写真がソーシャルメディアにアップされて、不特定多数にシェアされる確率が上がる。それだけ販促効果が望めるってこと」

「なるほど……考えてみます」

千奈美がうなずき、その日はそこで解散となった。

翌日の夕方、青森の農園からりんごが届き（おっちゃん仕事早い！）、ただちに、千奈美と鈴木オーナー、オーナーの妹さんがレシピ作りに取りかかる。

一方、李が引いた図面と完成予想図を元に、セルフビルドもスタートした。主力は俺と李だが、さすがに総監督として知らんぷりはできないと思ったのか、はたまた二階堂にケツを叩かれたのか、宗方も手伝ってくれた。これが意外や頼もしい戦力となった。手先が器用な上に腕力があるので、大工仕事に向いているのだ。

「なんで俺が大工の真似事しなきゃなんねーんだ」

なんだかんだと、はじめはぶーぶー不平不満を垂れていたが、次第に文句が減り、いつしか率先して作業を請け負うようになった。たぶん、やっているうちに楽しくなってきたんだと思う。俺も右に同じ。ペンキのにおいで鼻がやばいし、いつもは使わない筋肉の酷《こく》使《し》であちこち筋肉痛だけど、自分たちの手で店を作り上げていく実感は、思いの外《ほか》癖にな る。二階堂も顔を出してくれたが、宗方と対照的に不器用で、正直あまり戦力にならなかった。

アップルパイは、シェフの平良《たいら》の協力を仰ぎ、千奈美がレシピ作りに奮闘。味とビジュアル面を両立させるのが難しいようで、試行錯誤《さくご》していたが、試食したみんなの意見を取り入れつつ、なんとか納得のいく形まで持っていった。

スライスしたりんごを、皮と黒糖、レモン汁と一緒に煮込む。煮込んでほんのり赤く染まったりんごのスライスを、薄くのばしたパイ生地と一緒にくるくると巻き込み、オーブンで焼く。すると、つぼみが綻《ほころ》ぶようにりんごとパイ生地が開き、薄紅色の花びらを模したアップルパイが出来上がる。

アップルパイ自体がやや小ぶりなので、店内で提供する際は平皿に三つ載せ、自家製のバニラアイスクリームを添えることにした。そこにミントの葉っぱをあしらってデザートプレートが完成。

「できました！」

熱々のアップルパイとバニラアイスクリームを盛りつけた皿を前に、鈴木オーナーが普段よりテンションの高い声で宣言した。

「かわいい！」

「本物の花みたい。きれい！」

「美味《うま》そう！」

作業工程を見守っていた千奈美、オーナーの妹さん、俺が口々に感想を述べ、杢、二階堂、桜庭、播磨、平良シェフ、コミの久保田《くぼた》がパチパチと拍手をする。

メンバー全員が揃っての感動のシーン——と言いたいところだが、宗方は麻雀《マージャン》仲間に呼び出されて不在。まあ、通常運転だ。

「すごく美しい仕上がりです。これならお店に出しても大丈夫だと思います」

千奈美のお墨《すみ》付きをもらい、オーナーはうれしそうに「ありがとうございます。ご指導くださった笠井さんをはじめ、おつきあいくださった皆さんのおかげです」と頭を下げた。

千奈美の指導のもと、『Riveredge Cafe』の終業後に厨房を借りての、連日の特訓が実を結んだ。見た目のクオリティさえキープできれば、素材のりんごはそもそも品質が高いし、千奈美と平良シェフのコラボレシピなので味は保証付きだ。

「あとは、実際に接客をしながら、コンスタントにメニューを提供していくためのレギュレーションの訓練です。鈴木さんは覚えが早いし、妹さんとの連携もスムーズなので、きっとすぐにマスターできます」

千奈美の励ましに、オーナーが決意を新たにした表情でうなずく。

「がんばります」

「それで、店名ですが、どうでしょう？　なにか出ました？」

深夜の一時過ぎ。

デザートプレートの完成から引き続き、『Riveredge Cafe』の四人がけテーブルで、俺と鈴木オーナーは向かい合っていた。

あのあともずっとバタバタしていて、お互いの体が空くのが、こんな時間しかなかったのだ。みんなは終電で帰っていったが、俺は自転車通勤なので終電は関係ない。オーナーはタクシーを使うと言って残ってくれた。

「それが……なかなかいいものが浮かばなくて」

俺の問いかけに、正面のオーナーが申し訳なさそうな顔をする。

新しいカフェの企画が立ち上がった時点で、「お店の名前も考えておいてくださいね」とお願いしてあったのだが、やらなければならないことがあまりにも多すぎて、そこまで頭が回らなかったようだ。

とはいえ、そろそろロゴを作って、メニューやショップカードに反映させなければならない。李にも看板を作りたいと急《せ》かされていた。

(出せと言われると、出ないもんなんだよな)

小鳥遊氏のときもなかなか出てこなくて、プライベートに関する質問をいくつか投げ、回答のなかから店名を引っ張り出したのだった。

「鈴木さん……ご趣味はなんでしたっけ?」

「手芸と編み物くらいでしょうか。パッチワークは昔よく作りました。でも最近は目が辛くてあんまり……」

「では、好きな映画とか」

「映画は、主人につきあって、彼が観たいものを観ていたので」

「なるほど」

　そうだった。離婚するまで、小鳥遊氏ありきの人生を送っていたんだっけ。旦那さんと別れてひとりで歩き出したオーナーは、ある意味、生まれたての子どものようなものなのかもしれない。

　そんなことを考えていて、ふと、そういえばと思い立つ。

「下のお名前って、なんでしたっけ？」

　ものすごくいまさらな質問だったが、オーナーは気分を害した様子もなく、「春佳《はるか》です」と教えてくれた。

「鈴木春佳さん」

　手許のノートに書きつける。鈴木春佳。はるか。HARUKA——いろんな表記で書き出していた俺は、「あっ」と声を出した。

「いい名前、思いついた！」

「なんですか？」

「シンプルかつストレートに、『HARUCAFE《ハルカフェ》』はどうですか。オープンもちょうど春ですし」

　綴《つづ》りを記したノートを、くるっと回転してオーナーに見せる。俺のヘタな字をじっと見つめていたオーナーが、「……私の名前？」と小さく言った。

「春佳さんがやっているカフェだから『HARUCAFÉ』。捻《ひね》りもなくてまんまですけど」

「……春佳という名前は、亡くなった両親が春生まれの私に、『心が整ったひとになるように』という願いを込めてつけてくれたんです。結婚と離婚で名字は変わったけれど、春佳であることはずっと変わらなかった。その名前を店名にすれば、両親から託された想いをカフェに引き継いでいくことができる……」

ひとりごちるようにつぶやいていたが、やがて嚙み締めるようにうなずく。

どうやら、しっくり来たようだ。

「店名は『HARUCAFÉ』で決定ということでいいですか」

俺の確認に、オーナーが晴れやかな顔で「はい」と応じる。

「よかった。じゃあ早速、文字組みしてロゴを作ってみます。明日中にいくつかパターンを出しますので、ジャッジをよろしくお願いします」

「わかりました。こちらこそよろしくお願いします」

一番の難題だった店名が決まってほっとした俺は、「あ、そうだ。ついでに」と、テーブルの上のタブレットを起動させた。

「昨日合羽橋《かっぱばし》の問屋にお冷や用のタンブラーとカップ&ソーサーを見に行って、候補をピックアップしてきたんですけど、いま選んでもらっていいですか」

「もちろんです」

「決まったら、明日の朝いちで注文かけるんで」

オーナーの前で写真アプリを開き、「えーっと、タンブラータンブラー、どこだっけ……」と目当ての画像を探す。左から右へ流れていく仕事関連の画像のなかに、突如異質な一枚が表示された。

「あっ、すみません。これは関係ないです」

断りを入れて右へ流したら、「いまの赤ちゃん、もしかして石岡くん？」と聞かれた。

「なんでわかったんですか？」

「だって面影あるもの」

「マジで？」

思わず指を逆にスライドし、若い母親が赤ん坊を抱いている画像を見返す。

現物はいまでも冷蔵庫に貼ってあるが、この前、ふと思い立ってスマホで撮ったのだ。俺の留守中に火事が起こって写真が燃えてしまうことだって、可能性としてゼロじゃない。その場合でも、画像データにしておけば安心だと思ったのが動機。それがいつの間にか、クラウド経由でタブレットに同期されていたらしい。

「面影あるかなー？」

タブレットを回転させると、オーナーが覗《のぞ》き込んだ。

「あるわよ。つぶらな瞳とかいまと同じ」

どこか楽しげなリアクションが返ってきて、あっと思った。オーナーの口調、だいぶ砕けてきている。そういやさっきも「石岡さん」じゃなくて「石岡くん」だった。

「――お母さん？」

「そうです。でも、俺が赤ん坊の頃に離婚して東京に帰ったらしくて、俺、まったく母親の記憶がないんですよ。死んだって聞かされていたから、親父《おやじ》にも母親のこと聞けなくて、いまどこでなにをしているのか、名前すらわからないっていう……」

「名前もわからないの？」

オーナーがびっくりしたような声を出した。

（ふつう驚くよな）

自分でも、仕事上のつきあいしかないひとに、なんでこんなプライベートな身の上話をしているのかわからない。学生時代の友人や会社の同僚にも話さなかったのに。

離婚に関するオーナーの赤裸々な心情を聞いていたからか。それか、もしかしたら、オーナーが俺の母親と同じくらいの年齢のせいかもしれない。

「この写真の裏に親父の字で書いてあるのが、たぶん名前なんだと思うんですけど、読み方がわからなくて」

「どんな字なの？」

興味を引かれたらしいオーナーに訊かれ、ノートに【小和】と書いた。

「こより……」

オーナーがぽつりと落とす。

「こより？」

「小学校のとき、同じ字を書いてこよりって読む同級生がいたから、そうかなって」

刹那《せつな》、心臓がドキッと跳ねた。急激に体が熱くなる。気がつくと俺は前のめりになっていた。

「あの……まさかとは思いますけど、その同級生が俺の母親っていう可能性は……」

「ええっ……まさか！」

「いや、まさかのまさかですけど……鈴木さん、出身どこですか？　失礼ですが、おいくつでしたっけ？」

「東京よ。もうすぐ五十三歳になります」

「年齢的にも合っています」

切羽詰まった声を出す俺に、オーナーも「えっ、いやだ」と悲鳴をあげる。

「そんな偶然ってあるかしら。ああ、どうしよう……顔はもう覚えてないわ。名前だけ、ちょっと変わっていたから覚えていたの」

当惑した様子で、顔を両手で挟み込んでいたオーナーが、不意にその手を離した。真剣な面持ちで俺に問いかける。

「もし、万が一、彼女がお母さんだったとして……石岡くん、会いたい？」

「会いたいです」

深く考える間もなく即答していた。

「わかった」

オーナーが首肯する。

「私、彼女のその後を知っているひとがいないか、捜してみる」

「いいんですか？　ただでさえ忙しいのに……」

心配になった俺が確かめると、オーナーはにっこり笑って「大丈夫」と言った。

「石岡くんが力を貸してくれて、私の夢がもうすぐ実現しようとしている。だから私もなにか恩返ししたいの」

オーナーの誕生日に、カントリー&ナチュラルテイストをコンセプトにしたアップルパイとコーヒーの店『HARUCAFÉ』がオープンした。

エントランスで出迎えるのは、杢手作りの黒板のスタンドボードだ。黒板にチョークで描かれているのは、俺が描いたアップルパイの絵と、オーナー手書きのメニュー。スタンドボードの脚元《あしもと》には薪《まき》が積まれ、かなり年季の入ったスコップとホークが寄り添う。どちらも俺の昔のバイト先の農場で実際に使われていた農具で、使わなくなったのを譲ってもらったものだ。

店内の壁は黄ばんでいた壁紙を剝がし、コンクリートのテクスチャーをわざと剝《む》き出しにした。床は前の店からの板張りを再利用し、滑り止めを兼ねてニス塗装を施《ほどこ》した。

コンクリート打ちっ放しの壁には、棚を作りつける代わりに、スタッキング用のウッドボックスを取りつけてある。各ボックスのなかには、ヴィンテージのジャムの瓶《びん》やホーローのキャニスター、陶器のココットやキャンドルスタンドなどをディスプレイ。ウッドボックスの棚は杢のアイディアだ。

店内の家具はすべてユーズド。一点ものなので、椅子もテーブルもベンチも不揃いだが、それが独特な風合いを醸《かも》している。

ベンチの座面には麻袋のクッションが並べられ、背もたれにはオーナーの手によるパッチワークの膝《ひざ》掛けがセットされている。椅子の下の荷物入れは、古道具屋で見つけた籐《とう》の籠《かご》だ。

輸入雑貨店で購入したライトチェーンを束ねて吊るしたシャンデリアは、これも杢の自作。

もともと備え付けだったカウンターには、木の板を張りつけ、白のペンキを塗った。カウンターの上には、作り置きのスイーツを収納できるようにガラスのケースを設置。

オープンキッチンの壁にはタイルシートを貼った。同じものをトイレの壁や洗面所などの水回りにもあしらい、統一感を演出。

レジ横に置かれたショップカードは、印刷代を節約するために、クラフト紙をカットして自家製のスタンプを押した。メニューも俺の手作りだ。『HARUCAFE』のロゴも、なかなかいい感じに組めたと思う。

俺的にはトータルでかなり納得のいく出来映《できば》えで、鈴木オーナーも、「私には勿体《もったい》ないようなすばらしいお店になりました」とすごく気に入ってくれている。

タイトな資金と日程をやり繰りして、ここまでのクオリティに仕上げられたのはチームプレイの賜《たまもの》。みんなの協力あってこそだ。

「はー……」

なのに。

お客さんが来ない。開店から三日間、みんなで手分けをしてフライヤーを配り、呼び込みをしたが（杢は「俺がこの世で一番いやなことをさせやがったな」と怒っていた）、目立った成果は出ていない。『Riveredge Cafe』のレジ横にもフライヤーを置いてもらい、播磨に「姉妹店です」と宣伝してもらっているが、依然閑古鳥《かんこどり》が鳴いている。

（場所がなあ……ネックだよなあ）

千奈美とシェフのコラボメニューには自信がある。

コーヒーは桜庭仕込みのスペシャルブレンドだ。

オーナーの接客だっていい感じだし、店内の居心地もいい。

だけど、そもそもカフェに足を運んでもらわなければ、美味しいとわかってもらえない。

居心地のよさも実感してもらえない。

飲食店は作ってオープンさせて終了じゃない。むしろそこからが本当の勝負。

その後、どうやって軌道に乗せるかが肝要《かんよう》なんだと改めて思い知った。

オーナーは、「石岡くんのせいじゃないわ」と言ってくれる。「こんな素敵なお店を作ってもらったんだから、ここから先は私の経営手腕の問題」と。

それはそうかもしれない。でも、やっぱり責任を感じる。

いい店を作れば客は来ると思っていた俺が甘かった。甘ちゃんだった……。

「……ふー……」

「景気わりーため息つくなよ」

播磨が俺のタンブラーグラスに水を注ぎ足しながら文句を言う。

「ごめん」

朝から『HARUCAFÉ』に顔を出し、駅前でフライヤーを配った。手許分を配り終えたので店に引き返し、「なにか手伝えることはありませんか」とオーナーに申し出たが、「大丈夫よ。手は足りているから」と断られてしまった。なにしろ客がいないので、やることがないのだ。オーナーの妹さんも手持ちぶさたにしている。

なんとなく居たたまれなくなり、店を辞して、とぼとぼとリバーエッジハウスに戻って来たのが二十分ほど前。一階のいつもの席が埋まっていたから、カウンターのスツールに腰掛けた。

「あっちのカフェ、うまくいってねーの？」

俺の浮かない顔から察したらしい播磨に聞かれ、「なかなかムズいよ」と答える。

「場所がなー。でも、ここだって駅からは遠いのに常連客をしっかり摑《つか》んでるし、立地だけじゃないんだよな。やっぱ桜庭さんの手腕かー」

「永礼《ながれ》さんはレンタルしねーぞ」

三白眼で睨《にら》まれた。

「わかってるって」

小さく笑い、タンブラーグラスの水を呷《あお》る。カウンターにグラスを置こうとして、ふと、窓越しの光景に違和感を感じた。んん？

(なんかいつもと違う？)

目を細めて違和感の正体を突き止めた。

目黒川に沿うように、一定の間隔でぶら下がっているピンクの提灯《ちょうちん》。

「なあ、あれなに？」

離れようとしていた播磨を呼び止めて尋ねた。俺が指さした方角に顔を向け、「なにって桜まつりの提灯だろ」と播磨が答える。

「先週から作業してたけど、やっとここらへんまで付いたんだな。ライトアップ、もうすぐ始まるしな」

「桜まつり？　ライトアップ？」

「目黒川の桜並木とライトアップ、超有名じゃん。……あー、おまえ、ここに通い出したの、今年の頭からだもんな。桜のシーズン知らねーのか」

「うん」

「日が落ちると提灯に明かりが点《つ》いて、夜桜見られるようになんだよ。今年はまだ咲いてねーけど。開花が遅いのかもな」

「そっか……そろそろ桜のシーズンか……」

いつの間にか、春がすぐそこまできていたことに、俺は驚いた。

そう思ってよくよく見れば、枝にびっしりとついた蕾《つぼみ》がかなり膨らんできている。ものによっては、いまにも綻びそうだ。日に何度も目黒川の沿道を行ったり来たりしているのに、桜の様子なんてまるで目に入ってなかったし、提灯を取り付けていることにも気がつかなかった。

それだけカフェプロジェクトに必死で、無我夢中すぎて、周囲に目を配る余裕がなかった自分に気づかされる。

「満開の時季の土日とか、ありえねー人出でさ。露店とか屋台とか沿道にみっしり並んで、花見客で溢《あふ》れて、うちの店も激混みでさー。酔っ払いは多いし、ゴミはすげーし、いまからうんざりだぜ……」

ぼやく播磨をよそに、俺は「ありえない人出……」とつぶやいた。カウンターの上のスマホを摑み、「目黒川　花見　画像」で検索する。ヒット件数およそ三十万！

川面《かわも》に覆い被さる桜のアーチ。ほろ酔いの花見客。飲食店の出店。様々な屋台。橋の欄《らん》干《かん》にもたれて川を眺める人々。桜をバックに自撮りする女子グループ。桜色のシャンパンを片手に乾杯し合っているカップル。シートを広げてご馳走《ちそう》を食べている家族連れ。ライトアップされた幻想的な夜桜。暗い水面に映り込むピンクの提灯。

ものすごい数の画像だ。そして確かにすごい人出だ。こんなたくさんのひとがリバーサイドに溢れているのは見たことがない。

一年で一番、外部からひとが目黒川の沿道に流れ込んでくるシーズン――。

「播磨、コーヒー代、ツケにしておいて！」

言うなり、俺はスマホを握り締めてスツールから飛び降りた。

「……えっ、おい、ちょっ……」

そのままドアから飛び出し、外階段を使って直接三階まで駆け上がる。興奮のままに、二階堂の部屋のチャイムをキンコンキンコンと鳴らした。

「二階堂さん！　俺です！　石岡です！」

ガチャッとドアが開き、サビィを抱いた二階堂が「どうした？」と顔を出す。血相を変えた俺に驚いたのか、両目を瞠《みは》って「なにがあったんだ？」と重ねて聞いた。

「オーナーにお願いがあるんです。桜まつりのとき、一階のデッキスペースを貸していただけませんか？」

「借りてどうするの？」

「ポップアップショップをやりたいんです」

「ポップアップショップ？」

「鈴木さんのカフェの出店で、アップルパイのテイクアウトの店をやりたいんです。花見のシーズンは、ここに外部からたくさんのひとが来るって聞いて。地元のひとだって花見をするだろうし、そのひとたちにアップルパイを食べてもらったら、そのうちの何パーセントかはカフェにも足を運んでくれるかもしれない。一定の販促効果を望めると思うんです！」

さっきカウンターで思いついたことを、一気にまくし立てる。

「販促が目的なら」

聞き覚えのある低音が聞こえ、二階堂の背後に宗方がぬっと立った。

「タダで試食させろ」

「宗方さん？」

その顔を見るのは、『HARUCAFÉ』のオープンの前日以来だ。

プレオープニングパーティで振る舞われた酒をほぼひとりで呑み干してベロベロに酔っ払った宗方を、俺と二階堂でリバーエッジハウスまで連れ戻した夜から、数日ぶりの再会。それ以降は俺が『HARUCAFÉ』に行きっきりで、顔を合わせていなかった。ひさしぶりだが、ぼさぼさ髪も無精髭《ぶしょうひげ》も変わらずの、安定のむさ苦しさ。

「おまえは知らないだろうが、花見のピークはものすごい数の出店が沿道に並ぶ。しょぼい出店をやったところで埋没して素通りされるだけだ。流しの客の足を止めるには工夫が必要だ」

「それで無料配布？」

「そうだ。アップルパイを試食させてソーシャルで拡散させる。ひとが集まってきたところで、カフェのフライヤーを配布する。材料費は持ち出しになるが、販促費用だと思えば安いもんだ」

「……そっか」

言われてみればそのとおりだ。大勢のひとが押しかけるイベントだからこそ、余所《よそ》と横並びじゃ目立たない。やるなら思い切ったことをやらないとだめだ。

納得していると、宗方が「それともうひとつ」と言った。

「ソーシャル拡散のためのフックを仕掛ける」

「フック?」

「なかに入れ」

顎でくいっと入室を誘う。二階堂が身を引き、俺は初めて玄関から室内に上がった。ふたりのあとについて通路を進み、広々とした主室に出る。

「二階堂、ペン」

偉そうに指示された二階堂が、軽く肩をすくめ、書斎スペースに向かった。宗方がダイニングテーブルの椅子を引いて座り、俺がその横に立ったタイミングで二階堂が戻って来る。

「ほら、シャーペンでいいか?」

「いい」

見るからに高級品そうなゴールドのシャープペンシルを受け取った宗方が、「なんだ、これ、どうやって芯出すんだ」とつぶやく。

「捻るんだ」

「おお、出た」

シャープペンシルの芯出しに成功した宗方が、続いてジャージのポケットからくしゃくしゃのレシートを引っ張り出し、裏返してダイニングテーブルに置いた。

さらさらと描かれたスケッチを見て、俺は「あっ！」と声をあげる。

「宗方さん、それって……」

「理解したか？」

「はい！」

「どういうことだ？」

一緒にスケッチを覗き込んでいた二階堂が、「僕にはわからないよ」と不満げな声を出した。

「まあ、いまにわかるさ」

親友を鷹揚《おうよう》に宥《なだ》めすかして、宗方が俺を見る。

「おまえのがんばりは認めなくもないが……まだまだだな」

ものすごく「上から」な寸評のあと、男はにっと唇を横に引いた。

room [7]

桜。桜。桜。

桜色のドームに封じ込められたかのような開花シーズンが終わった。

頭上を隙間なくみっしりと覆っていた桜は散り、いまは石畳《だたみ》を花びらが埋め尽くしている。

桜の祭典真っ盛りの時季は、ひとと行き交うのも大変だったリバーサイドも、だいぶ往来が減って自転車通勤が楽になってきた。

ピーク時は行列までできた『Riveredge《リバーエッジ》 Cafe《カフェ》』もようやく通常運転となり、播磨《はりま》を筆頭にホールスタッフがほっとしているのがわかる。

アイドルタイムが始まる午後五時を待って、二階のオフィスから一階に下りた俺は、いつもの席で久々のブレイクタイムを満喫していた。

このところはいつ覗《のぞ》いても満席で遠慮していたのだが、今日あたりから通常営業に戻りつつあると播磨に聞き、やっと桜庭《さくらば》手ずからドリップするスペブレを味わえると、喜び勇んで下りてきたのだ。杢《もく》と千奈美《ちなみ》は忙しいのか、まだ顔を見せていない。宗方《むなかた》は昼前から外出しており、二階堂《にかいどう》の姿も店内に見当たらなかった。

五時を過ぎてもガラス窓の外はぼんやり明るい。ここに通い出した頃は、この時間帯はすでに暗かったのに……。

（ずいぶん日の入りが遅くなったなー）

窓越しの沿道の様子をぼーっと眺めていると、脳裏に、まさに視線の先のその場所で奮闘した、先週末の記憶が蘇《よみがえ》ってくる。

——アップルパイの試食とコーヒーの試飲やってます！　いかがですか？

先週末——桜のピークと土日が重なった二日間、俺と鈴木《すずき》オーナー、オーナーの妹さん、千奈美、杢の五人は『Riveredge Cafe』前のデッキスペースで、アップルパイとコーヒーの試食&試飲を行った。

「試食ってタダ？」

足を止めてくれた若い女性のふたり組に「はい、無料です」と答える。

「えー、本当に？」

「本当ですよ。どうぞ、どうぞ、こちらがパイとコーヒーです。コーヒー熱いのでお気をつけて」

　クラフト紙に包まれたアップルパイとコーヒー入りの紙コップを手渡すと、「えっ、なにこれ、かわいい！」と黄色い悲鳴があがった。

「りんごが花びらみたい」

「ブーケみたいだよ！」

　少しだけ幅が広い長方形のクラフト紙をくるりと巻いて円すいを作り、巻き終わりに、店名と住所と電話番号が印字された手作りシールを貼る。円すいの空洞部分に、花に見立てたアップルパイをすぽっと詰めると、一見してブーケのように見える――という、むさ苦しいルックスからは想像もつかない女子力高めのプレゼンテーションを考案したのは宗方だ。

　いわく、見た目がかわいい上に持ち歩きやすく、おまけに手が汚れない。食べ終わったらくしゃりと丸めて持ち帰れるので、ポイ捨てされて街を汚すこともない。

「写真撮って！」

　ふたり組の片割れが、アップルパイとコーヒーを両手に持ち、ポーズを取る。もうひとりがスマホを構えてカシャッとボタンを押した。

「かわいいからパイのアップも撮ろうよ」

さらにアップルパイに寄ってカシャッと撮る。

「どう？　かわいく撮れた？」

「うん、いい感じー」

「なんだか食べるのもったいないけど、食べちゃおう！」

ふたり同時に、アップルパイにぱくっと齧《かじ》りついた。

「あっ、美味《おい》しいよ。さくさくしてて、ちょっと酸味があって、あんまり甘くない。カロリー低そう」

「コーヒーも、めっちゃ美味しいんだけど！」

「あの、よければいま撮った写真、ハッシュタグつけてSNSにアップしていただけませんか？」

頃合いを見計らって俺がそう声をかけると、彼女たちは「いいですよー」と快《こころよ》く引き受けてくれた。

「【#ブーケみたいなアップルパイ　#めっちゃ美味しいコーヒー　#しかもタダ♡　#目黒《めぐろ》川桜まつり　#Riveredge Cafeの前でGET】——こんな感じ？」

「いいです、いいです！　ばっちりです！　ありがとうございます！」

「中目黒《なかめぐろ》の商店街にカフェがありますので、よろしかったら」

すかさず鈴木オーナーが、メニューと写真入りの『HARUCAFE《ハルカフェ》』のフライヤーを手渡す。

「へー、お店で食べると、こんなふうにお皿に盛りつけしてくれるんだ。かわいい！」

「あ、祐天寺《ゆうてんじ》からも近いんだ。私、祐天寺なんで、今度寄ってみますね。本当にかわいいし、美味しかったから」

「ありがとうございます。よろしくお願いします！」

そんなやりとりを続けているうちにSNSで拡散されたのか、気がつくと列ができる事態となっていた。

そこからはコーヒーを淹《い》れる担とアップルパイをセットする担、配布担、フライヤー渡し担、列整理担にシフト分けをし、各自フル回転で働いた。二百名分を用意していたのだが、お昼にはパイのストックが尽きてしまい、午後はコーヒーのみになったが、それでも列は途切れなかった。『Riveredge Cafe』が朝から満席で、店内に入れなかったせいもあったんだろう。

二日目は、さらに増やして三百人分を用意した。一日目にアップルパイを入手できなかったひとが再訪してくれたり、「普段はどこで食べられるの?」とみずからフライヤーを受け取りに来てくれたり……。合間にエゴサしたら、タグ付きの写真がいっぱいアップされていた。やった！　バズッてる！　俺は拳《こぶし》をぐっと握り締めた。

二日間の準備と配布は想像以上のハードワークで――日曜日の夕方、フライヤーの最後の一枚まで配り終わり、撤収をかけた頃には、会話が成立しないほどメンバー全員が疲労困憊《こんぱい》していた。

喉《のど》は嗄《か》れてるし、脹《ふく》ら脛《はぎ》はパンパンだし、疲れた。とにかく疲れた。

でもそれは、やれることはやり切ったという、達成感を伴《ともな》う心地いい疲労だった。

みんなも同じように感じているのが、それぞれの表情から窺《うかが》えた。

試食と試飲をしたひとたちのなかから、どの程度の人数が実際にカフェまで足を運んでくれるかはわからない。けど、少なくとも種は蒔《ま》くことはできた。

それに、俺自身にとっても収穫が大きかった。

いつもはバラバラで勝手気ままに過ごしているメンバーが、ひとつの目標に向かって結集し、個々の得意分野で全力を尽くす。

それによって、個人のポテンシャル以上の結果を出すことができる。

チームワークって、足し算じゃなくて、かけ算なんだ。

そのことを、今回の案件で実感できたから……。

「いらっしゃいませ！」

播磨の声で、物思いを破られる。反射的にエントランスドアに視線を向けると、スプリングコートを羽織ってトートバッグを肩にかけた女性が入ってくるところだった。

「鈴木さん！」

思わず腰を浮かせる。俺の呼びかけに気がついた鈴木オーナーが歩み寄ってきた。

「この時間はここにいるかと思って」

「アタリです。どうぞ」

向かいの席を勧めたら、「ありがとう」と言って腰を下ろす。冷やタンを置きに来た播磨に「こんばんは」と挨拶《あいさつ》をしたオーナーが、「アイスティーをお願いします」と注文を告げた。

「お店は大丈夫なんですか？」

「いま落ち着いているから、妹に頼んでちょっとだけ抜けてきたの」

「俺もあとで顔を出そうと思っていたんです。今日はどんな感じでした？」

「おかげさまでずっと満席。ランチも完売しました。なかには連日来てくださる方もいらして」

「常連がついてきたってことですよね」

よかった。時間が経って販促の一時的な効果が薄れても、常連客がついてくれれば経営は安定する。

「ここから先は、自分たちの日々の精進《しょうじん》の積み重ねだと思っています。石岡《いしおか》くん、ここまで土台を作ってくださってありがとう。心から感謝しています」

そんなふうに言ってもらえて、胸の奥がじんわり熱を帯びた。

面と向かってひとに感謝されるなんて何年ぶりだろう。

会社員時代、クライアントは「仕事なんだからやって当然」というスタンスだった。それも間違っていないけれど、俺も人間だから、「ありがとう」と言われればやっぱりうれしい。

でもこの感謝は、俺ひとりが独占していいもんじゃない。

「いや……俺だけの力じゃないです。チームでやったから、ここまでできた」

「そうね。本当にたくさんの方たちに助けていただいて……皆さんに感謝しています」

感慨《かんがい》深げな面持ちで、オーナーがつぶやいた。

「ベースに鈴木さんのがんばりがあったからですよ。オーナーが真摯《しんし》で一生懸命だから、みんな応援したくなったんだと思う」

オーナーが微笑《ほほえ》んで、もう一度「ありがとう」と繰り返す。

「これからもそう思っていただけるように、皆さんに作っていただいた『HARUCAFÉ』

を大切に育てていきます」

そこでアイスティーが届いた。ストローで一口飲んでから、オーナーが「それでね」と切り出す。

「お礼も言いたかったんだけど、もうひとつ、石岡くんに小和《こより》さんの件をお話ししたくて」

「あ、はい」

そうだった。その件があったのだ。

なにかわかったんだろうか。緊張して心持ち居住まいを正す。

「実家を探したら小学校の卒業アルバムが出てきたから、記載されていた電話番号にかけてみたの。でも繋《つな》がらなくて。住所の場所に行ってみたら、別な方の家になっていて、昔のことはわからないって。小学校の同級生にも電話をしてみたんだけど、現在彼女と繋がっているひとはいなかった。担任の先生はもう亡くなってしまっているし……」

話を聞いて驚いた。忙しいのにそこまで？

「そんなにいろいろしてくださったんですか。お手数おかけしてすみません」

恐縮する俺に、「こちらこそ、お役に立てなくて」とオーナーが謝る。

「とんでもないです。名前の呼び方がわかっただけでも大収穫ですから」

「今日はね、これを見せようと思って」

トートバッグから卒業アルバムを取り出してテーブルに置いた。

「小学校の卒アル、わざわざ持って来てくださったんですか」

「本当にお母さんかどうかはわからないけど、小和さんの写真が載っているから」

そう言って卒業アルバムを開いたオーナーが、ずらりと並んだ顔写真のなかからひとりの少女を選び、「このひとよ」と指で差す。

とても真剣な眼差《まなざ》しで、こちらをまっすぐ見つめている三つ編みヘアの少女。

写真の母の面影があるといえばあるような……気がしなくもない。

正直、俺にはよくわからなかった。

（……母さん？）

心のなかで問いかけてみたが、無論答えは返ってこない。

「私も写真を見て当時のことを思い出してみたんだけど、すごく頭のいいひとだったわ。大人しくて、いつもひとりで本を読んでいた。そのせいか、ほとんど話をしたことはないんだけど」

「そうなんですか」

もう一度卒業アルバムに視線を落とす。顔写真の下には「高橋《たかはし》小和」と記されていた。

もしこの少女が母だったとしても、高橋って確か、多い名字の上位じゃなかったっけ。

日本国内に百万単位で存在しているんじゃないか。

しかも再婚してまた名前が変わっているかもしれなくて、いまは高橋小和じゃない可能性もある。

一瞬、少しだけ距離が縮まったような気がしたけれど……結局はまた手が届かない場所へと遠ざかってしまった。

「写真に撮ってもいいですか？」

「もちろんよ」

スマホを構えた俺は、物言わぬ少女にピントを合わせて、シャッターボタンを押した。

「笠井《かさい》さんや小寺《こでら》さんにもご挨拶したかったけど、時間が来てしまったのでまた今度。二階堂さんや宗方さんにもよろしくお伝えください」

『Riveredge Cafe』前の沿道に出たところで鈴木オーナーが俺にそう伝言を託して、深々とお辞儀をした。

「わかりました。伝えておきます。卒アル、ありがとうございました」

「またなにかわかったら連絡するわ」

「お願いします。お疲れ様でした！」

「お疲れ様でした。――失礼します」

一礼して踵《きびす》を返し、オーナーが足早に立ち去っていく。その軽やかな足取りには、早く自分の店に帰りたいという心情が表れているように、俺には思えた。

まだ少し肌寒い春の風が、石畳の花びらを舞い上がらせる。

桜吹雪がオーナーの再出発を祝福しているみたいだ。

俺がオーナーの力になれるのはここまで。

ここから先はもう、俺の出番はない。

オーナーも、それがわかっているから、今日挨拶に来たんだろう。

「がんばってください」

小さな声で、最後のエールを送る。

夕暮れの薄闇《うすやみ》に後ろ姿が溶けて見えなくなるまで見送った俺は、そのまま橋に向かって歩き、欄干《らんかん》にもたれた。

目黒川を覗き込めば、水の流れのあちこちに、花びらの吹き溜まりができている。

リバーエッジハウスに通うようになるまでは、季節によって川の水の色が変わり、水位が日々変化し、においも違うなんて知らなかった。

一見して同じように見える川にも、四季折々の表情がある。

桜だって日に日に、その有り様を変えていく。つぼみの時期、開花、花が散り、葉桜になり、新緑を芽吹かせ、青々とした葉がやがて色づき、落ち葉となって土に還《かえ》る。

毎日の生活のなかで、ちょっとしたことで幸せになったり、悔し涙を流したり、へこんでぺしゃんこになったり、ナニクソともう一度立ち上がったり——一喜一憂する人間を横目に、季節は大きな摂理《せつり》のままに淡々と巡っていく。

そんな当たり前のことすら、ここに来るまでの俺は忘れていた。

自分も自然の営みの一部であることを忘れていたのだ——。


「本当にいいの？」

「二階堂さんこそいいんですか？　俺まだ、宗方さんの弟子になれるかどうかわかりませんよ？　本人にＯＫもらってないし」

今日の午後いちの会話だ。

「いいよ。僕のなかではきみはもう条件をクリアしている。ふたつのカフェの件、両方とも、とてもよくやってくれた。――離婚の件を切り出してきた電話で、小鳥遊《たかなし》氏は鈴木さんの今後をすごく心配していたんだ。再婚相手の女性は、ずっと仕事をサポートしてくれていた部下で、小鳥遊氏のリタイアを前にして気持ちを抑えられずに告白してきたらしい。彼も部下に好意を持っていたから、拒《こば》み切れなかったようだ。だからといって、もちろん、不倫は許されることじゃない。おそらく小鳥遊氏のなかに、鈴木さんを傷つけた疵《きず》は生涯《しょうがい》残ると思う。彼自身もそう言っていた」

「………」

「その後、離婚が成立したあとでもう一度連絡があったから、鈴木さんがカフェを継続したいと希望していることを話したんだ。小鳥遊氏は、彼女が自分自身の人生を歩み始めたのを大層喜んでいた。小鳥遊氏は父の古くからの知人だったから、僕としても肩の荷が下りたよ。――ところで、本当に宗方と同室でいいの？　いまならほかの部屋も空いているから、自分だけの個室を持てるチャンスだよ」

「いいえ。いまのままで大丈夫です……というか、いまのままがいいんです」

「わかった。じゃあ、これを渡しておくよ」

二階堂がウェストコートのポケットから一本の鍵を取り出し、手渡してくる。

「あ、部屋の鍵なら宗方さんから預かって、スペアキーも作りましたから」

「違うんだ。これはｒｏｏｍ〖7〗の鍵」

「ｒｏｏｍ〖7〗？」

二階の廊下の最奥、内階段の向かい側に位置する部屋だ。

「あの部屋は二階では一番広くて、入居者専用の共有スペースになっている。個室に入りきらない多人数の会議やミーティングに使用してもらおうと思って、簡易キッチンとそれなりの大きさのテーブルセットを設置したんだ。仕事以外でも、せっかくシェアオフィスなんだから、談話室として利用してもらおうと思っていたんだけど」

「だけど？」

「誰も使ってくれないんだよね」

二階堂が苦笑する。

「……確かに、俺が通い始めた頃は、入居者同士で世間話をしたり、つるんだりっていうコミュニケーション自体を避けているっぽい雰囲気がありましたよね」

談話室で一緒にお茶を飲むなんて、もってのほかだったんだろう。――あの頃は。

「でも」

俺が切り出すと、二階堂が「そう」とうなずいた。

「最近はメンバーの関係性も少しずつ変わってきたような気がするんだ。今後に期待を込めて、この鍵は預かっておいて」

「はい」

そんな会話を交わしたのち、通販で購入して届いたばかりのデスクと椅子を、二階堂に手伝ってもらってｒｏｏｍ【１】に運び込んだ。

以前からあったデスクの横に、真新しいデスクを並べて置く。

昨日まで俺が借りていたデスクの持ち主は、例によって出かけていて不在。この時間は、どうせパチ屋だろう。チームワークで乗り越えた『HARUCAFÉ』の立ち上げを経ても、宗方は相変わらずだ。

「あの……聞いてもいいですか？」

「なに？」

「どうして、二階堂さんは宗方さんのサポートをしているんですか？」

ずっと心の片隅に引っかかっていて尋《たず》ねたかった疑問を、思い切って口にした。

「うーん……なんでだろうね」

二階堂が言葉どおり、自分でもよくわからないといった当惑の笑みを浮かべる。ほどなくして、不意に真顔になり、宗方のデスクに浅く腰かけた。窓の外に広がるリバーサイドの景色に視線を据える。

「大学で初めて宗方に会ったときのファーストインプレッションは〝苦手なタイプ〟。ギラギラしていてエネルギッシュで、自分に過剰に自信があって不遜《ふそん》で……遠目から見ているだけで暑苦しかった」

「わかる気がします」

「苦手なタイプだったけど、同時に眩《まぶ》しくもあったんだ。自分の欲望に忠実で、欲しいと思ったら躊躇《ちゅうちょ》しない。目標に向かってまっすぐ、全力で、周囲を巻き込みながら突っ走っていく。ちょっといまのきみに似ているかもしれない」

「………」

「僕はあいつとは対照的に、なにごとにも執着が薄いタイプだから……」

生まれつき、なんでも持っているから——なのかもしれない。

すべてに恵まれ、完璧に思える二階堂には二階堂なりの、俺なんかにはわからない憂《うれ》いがあるんだろう。

人間って本当に厄介《やっかい》で難しい。

持っているから充たされるというものでもないのだ。

「まあ、もう一度あの頃の宗方に戻ってほしいというのは僕の勝手な思い入れで、やつにとっては迷惑でしかないのかもしれないけどね」

そう言って、また小さく笑う。今度の笑いは少しだけ寂しそうに見えた。

「あの……宗方さんが変わってしまった理由って」

躊躇した末に切り出した問いかけに、二階堂が首を横に振る。

「それは僕の口からは言えない。きみが直接宗方に聞くべきだよ」

「話してくれるでしょうか」

「それは、今後のきみ次第。きみがこの先、どれだけ宗方の懐《ふところ》に潜り込めるかにかかっているんじゃないかな？」


「……俺次第……か」

黄金色の西日にキラキラ反射する水面《みなも》を眺めて、二階堂とのやりとりを思い出していると、「なにいっちょまえに黄昏《たそがれ》てんだ」と声がかかる。横を見たら、片手に景品の入ったレジ袋を提《さ》げた宗方が、いつの間にか立っていた。

「うわっ」

たったいま思い浮かべていた当人を目の前にして大声が出る。

「またおまえは……デカい声出すなよ。なんなんだよ?」

宗方が不機嫌そうに眉根を寄せた。

「やっ……なんでもないっす。——さっきまで鈴木さんが来ていたんです。宗方さんにもよろしくとのことでした」

「よろしくされるようなことはなんもやってねーよ」

「そんなことないですよ。今回の案件、要所要所で宗方さんのアドバイスがなかったら、きっと違う結果になってた」

「そんなんわかんねーだろ」

投げやりに言って、宗方が無精髭《ぶしょうひげ》の顎《あご》を擦《こす》る。

「いえ……俺だけじゃやっぱだめでした。早晩カフェは立ちゆかなくなり、鈴木さんの第二の人生にも暗雲が立ちこめていたかも……」

「ばーか。なに過去形で語ってんだ。もう大丈夫みてーに気を抜くな。まだまだこれからが本番だろ?　なんだって継続が一番難しいんだ」

師匠っぽいことを言われて、俺は背筋をぴしっと伸ばした。肩の荷を下ろしたような心境になっていたのを見抜かれ、活《かつ》を入れられたような気がした。

――まだまだこれからが本番だろ？

――それは、今後のきみ次第。きみがこの先、どれだけ宗方の懐に潜り込めるかにかかっているんじゃないかな？

宗方の言葉に、二階堂の台詞《せりふ》が重なる。

そうだ。まだまだこれからで……なにもかも今後の自分次第。

だったら俺は、諦《あきら》めたくない。

宗方のことも、母親の件も、諦めたくない。

諦めずに探し続ければ、いつかは可能性の欠片《かけら》を見つけられるって信じているから――。

欄干から手を離し、俺は宗方に向き直った。

「二階堂さんに手伝ってもらって、俺のデスクと椅子をｒｏｏｍ【1】に運び入れました」

宗方が「は？」と瞠目《どうもく》する。

「おま、なに勝手に……」

「俺のデスク、宗方さんのデスクの隣に置きました。俺、宗方さんの弟子ですから」

俺の一方的な弟子宣言に、見開いていた目をじわじわと細めた。細めたまま、口を開く。

「おまえさ、俺の弟子になりたいっていってアレ、二階堂にけしかけられたんだろ」

「知ってたんですか⁉」

「おまえらが結託してるのなんざ、とっくにお見通しだよ」

宗方が唇を歪《ゆが》めた。

（……バレてた）

「でも！」

焦った俺は、必死に言い募る。

「確かにきっかけはそうでしたけど、いまは俺、本気であなたの弟子になりたいと思っています。宗方さんから学びたいことがたくさんあります。二階堂さんに、俺と宗方さんが似てるって言ってもらえてうれしかったです」

俺のラブコールは心に響かなかったのか、宗方がふんと鼻を鳴らした。

「二階堂の野郎……いい加減なこと言いやがって。誰と誰が似てるって？　俺はおまえみてーに暑苦しくねーよ」

いや……その暑苦しいところが……たぶん。

とは言えないので、気を取り直して別のアプローチをかける。

「今度、一緒に尾野《おの》教授のところに遊びに行きませんか？」

「行かねーよ！」

怒ったように吐き捨てるなり身を翻《ひるがえ》し、橋から立ち去ろうとする男をあわてて「あのっ」と呼び止めた。

「今回のテストですけど……参考までに聞かせてください。俺、合格ですか？　不合格ですか？」

宗方は足を止めず、空いているほうの手をおざなりに持ち上げ、ひらひらと振る。

え？　それってどっちのサイン？

「宗方さん！　どっち？　どっちなんですかあ!?」

問いかけに返事はなく、張り上げた俺の声だけが、夕暮れのリバーサイドに虚《むな》しく反響した。

※この作品はフィクションです。実在の人物・団体・事件などにはいっさい関係ありません。

集英社オレンジ文庫をお買い上げいただき、ありがとうございます。
ご意見・ご感想をお待ちしております。

● あて先
〒101-8050　東京都千代田区一ツ橋2-5-10
集英社オレンジ文庫編集部 気付
岩本　薫先生

中目黒リバーエッジハウス

ワケありだらけのシェアオフィス　はじまりの春

集英社
オレンジ文庫

2017年3月22日　第1刷発行

著　者　岩本　薫
発行者　北畠輝幸
発行所　株式会社集英社
〒101-8050東京都千代田区一ツ橋2-5-10
電話【編集部】03-3230-6352
【読者係】03-3230-6080
【販売部】03-3230-6393（書店専用）
印刷所　図書印刷株式会社

※定価はカバーに表示してあります

ISBN 978-4-08-680126-3 C0193